身代わり婚約者なのに、銀狼陛下がどうしても離してくれません！ 2

くりたかのこ

B's-LOG BUNKO

ビーズログ文庫

Contents

序. ご褒美は元・身代わり婚約者？ 7
1. 銀狼陛下は〝マテ〟ができない 12
2. お茶会は嵐を呼ぶ 49
3. ご唱和ください、『レッツ☆ハッピー宮廷ライフ』！ 86
4. 恋とレッスン 141
5. 元・身代わり婚約者の戦い 182
6. 彼女の覚悟、戦いのゆくえ 216
終. 響け、恋の歌 249
あとがき 255

身代わり婚約者なのに、銀狼陛下がどうしても離してくれません！
Characters
★★★
ギルハルト・ヴェーアヴォルフ
人狼の血を引き、周囲から『銀狼王』と称される若き国王。思慮深く聡明な美丈夫だが、実は誰にも言えない秘密があるようで……？
アイリ・ベルンシュタイン
ベルンシュタイン伯爵家の養女。長女であるがゆえに責任感が強く、世話を焼いてしまう性格。なぜか昔から動物に好かれやすい。

クリスティーナ・
ベルンシュタイン
アイリの義理の妹。
アイリと顔立ちは
そっくりだが
華やかで派手好き。

エーファ
王宮でアイリの
世話係を務める侍女。
明るく物腰柔らかで、
アイリを優しく支える。

サイラス・レッチェ
首席近侍長。
常に無表情のため、
何を考えているか分かり
にくい。ギルハルトとは
学生時代からの友人。

フリッツ
月の聖女の新任護衛長。
緊張感に欠けるが、
親しみやすい
雰囲気がある。

ヴェローニカ・
マルテンシュタイン
マルテンシュタイン
伯爵家の令嬢。
ギルハルトの婚約者の
座を狙う。

ユリアン・イェルク
国境騎士団団長の補佐官。
中性的な美男子で、
エーファ曰く"ちゃらい"。

イラスト／くまの柚子

——序・ご褒美は元・身代わり婚約者？

ルプス国の若き王、ギルハルト・ヴェーアヴォルフは充実《じゅうじつ》した日々を送っていた。

王宮の執務《しつむ》室、昼食もそこそこに朝から働き続ける彼は、文官のひとりに書類の束を差し出す。

「こっちはすべてサインした」

「はっ、ではこちらもお目通しを。ところで陛下、そろそろ休憩《きゅうけい》なさった方が」

「いや、いい。あと三十分もすれば茶の時間だ」

書類から視線を上げずにそう答える。

一か月前に愛する婚約者を得てからというものギルハルトは絶好調で、朝も晩もなく王としての務めに邁進《まいしん》していた。なにせ半年間も滞《とどこお》らせていたのだから、やるべき執務は山積みである。

月の出る晩はオオカミ耳が出る恐《おそ》れがあったので、日暮れ前には臣下《しんか》や侍従《じじゅう》の前に出ることすらままならなかった。その心配がなくなった今、自分の性質のせいで廷臣《ていしん》らへ迷《めい》惑《わく》かけてきた分を取り戻《もど》さなければなるまい。

あれだけ苛立《いらだ》っていた気持ちが嘘《うそ》のように平穏《へいおん》になった。いくらでも仕事をしていられる。この平穏をもたらしてくれた婚約者には、感謝するばかりだ。

——茶の時間まで、あと五分……。

もうすぐだ。もうすぐ、愛《いと》おしい婚約者に会える。

毎日、顔を合わせこそしているものの、ギルハルトが仕事にかかりきりのせいでそれはほんの短時間である。貴重な逢瀬《おうせ》が近づくたびに、そわそわ落ち着かない気持ちになりながらも、周りに悟《さと》られぬようすまし顔で書類にペンを走らせる。

あと少し。あと少しで——。

リンゴーン、と鐘《かね》つき塔《とう》から鐘の音が鳴《な》り響《ひび》けば、執務室のドアがノックされた。

「失礼します」

ティーセットと茶菓子《ちゃがし》の載《の》った盆《ぼん》を手に現れたのは、ギルハルトの待ち焦《こ》がれた婚約者のアイリ・ベルンシュタインだ。

エプロンの白もまぶしい婚約者の可憐《かれん》な姿に、もしもギルハルトに狼《おおかみ》のしっぽが生えていたなら、ぶんぶんと喜びに振《ふ》り回されていただろう。

「お疲《つか》れ様《さま》です、陛下」

アイリは笑顔《えがお》で、ギルハルトをねぎらった。

その笑顔の可愛《かわい》さに、んっ、と胸にこみあげるものを飲み込む。もしもここが他者の目のある執務室でなければ、今すぐアイリをこの胸に引き寄せて抱《だ》きしめ、すべらかな頬《ほお》にキスしていたところだ。

銀狼《ぎんろう》王とあだ名される若き王は剣技《けんぎ》に優《すぐ》れ勇猛果敢《ゆうもうかかん》、思慮《しりょ》深いと評判である。上に立つものらしく、努めてゆったりと椅子《いす》に座り直すと、彼は落ち着いたほほえみで自らの婚約者を迎《むか》えてみせる。

「ああ、アイリ、待っていたぞ。いい匂《にお》いがしているな。今日も菓子を作っていたのか」

「はい、陛下。朝から、エーファさんが手伝ってくれているんですよ」

後に控《ひか》える侍女《じじょ》の両手には焼き菓子の包みがたくさん入った籠《かご》が抱えられている。アイリは籠から、ひとつを取り上げてみせた。

「今日のお茶菓子は『ホーニヒクーン』をお持ちしました」

甘い匂いをさせるハチミツ入りのケーキの載った盆がギルハルトの執務机の上に置かれた。待ちに待った時間、ギルハルトは彼女に触《ふ》れようと手を伸《の》ばすが――その手は空《くう》を切っていた。

きびきびと身をひるがえしたアイリが、文官たちに向かって言う。

「みなさん、お仕事お疲れ様です！　お菓子のおすそわけを、よろしければお茶のお供に召《め》し上がってください」

アイリは手にした菓子を、文官のひとりひとりに渡《わた》し始める。王の婚約者の手ずから菓子を受け取った文官たちは戸惑《とまど》い交じりに言った。

「わたくしどもも頂戴《ちょうだい》して……よろしいのですか？」

「ええ、もちろんです。ハチミツは苦手じゃありませんか？　たまにハチミツの風味が苦手という方がいらっしゃるので」

天板に薄《うす》く広げて焼き切り分ける『ホーニヒクーン』は、ハチミツだけでなく、シナモンやクローブなどのスパイスも利《き》いているのだとアイリは説明する。

「ハチミツは栄養が豊富で、疲労《ひろう》回復にいいそうです。スパイスは体の循環《じゅんかん》を整えるそうで——遅《おそ》くまでお仕事されている陛下や、みなさんにぴったりのお菓子かと思いまして」

渡された菓子を手にした文官のひとりが、思わずというようにつぶやきを漏《も》らした。

「なんということだ……まさか、あの噂《うわさ》の菓子をいただけるとは……」

「噂？」

首を傾《かし》げるアイリに対し、文官はうなずきを返す。

「月の聖女様が疲労回復にいいとおっしゃられるお手製菓子は、本当に疲れが取れるのだと宮中で話題になっているのです」

「へ……？　そ、そうだったんですか？」

驚《おどろ》くアイリに対し、別の文官もうなずいてみせる。

「はい。私も聞きました。体が軽くなっただとか、肩《かた》こり腰痛《ようつう》が治っただとか」

「しかし、ありがたい……まさか本物をいただけるなんて！　ああ、今食べてはいかんな。これは持って帰って妻に見せてやろう。半分にして、ふたりで分け合います」

「ご夫婦《ふうふ》で半分こって、素敵《すてき》ですけど、おふたりにひとつずつの方がいいかもしれません。よろしければ、奥様《おくさま》の分も、もうひとつ」

「なんと、よろしいのですか⁉　あ、ありがとうございます！」

婚約者に触れ損《そこ》ねたギルハルトを他所《よそ》に、アイリを囲んで文官たちはわいわいと大盛り上がりだ。というか――。

――アイリの菓子は、噂になっていたのか……。

全然、知らなかった。というか、噂はともかくとして。

――なぜ、『俺のアイリ』ではなく、『みなのアイリ』みたいになっている？

なんてことを考えているなんて、もちろん銀狼陛下はおくびにも出さないのである。

執務机に行儀《ぎょうぎ》よく座った格好で、内心、首をひねる。アイリはこちらを見ようともしない。このままでは、ティータイムが終わってしまう。

――アイリは、この俺に会いにきたのではないのか……？

――1.） 銀狼陛下は〝マテ〟ができない

ルプス国王の身代わり婚約者《こんやく》として王宮に送り込まれたアイリ・ベルンシュタインは、充実《じゅうじつ》した日々を送っていた。

いまや正式な婚約者として王宮に滞在《たいざい》し、王妃《おうひ》教育や領主としての勉強など、やらなければならないことは目白《めじろ》押しの毎日の中で、それでもアイリは幸せだった。

執務《しつむ》机に座っている、麗《うるわ》しの婚約者の堂々たる威容《いよう》をちらりと盗《ぬす》み見てはうっとりする。

――ギルハルト、今日ものすごく格好いいな……。

窓から入る光にきらきらと輝《かがや》いている銀糸のような髪《かみ》。書類に落とされたアイスブルーのまなざしは聡明《そうめい》でいて怜悧《れいり》、まるで触《ふ》れれば切れるような錯覚《さっかく》を覚えさせた。

いつ見ても絵になる精悍《せいかん》な面立《おもだ》ちは、めまいがするほど美しい。つい見とれてしまいそうになったアイリは慌《あわ》てて視線を逸《そ》らす。

銀狼陛下と呼ばれるこの人と、こうして毎日会えるだけでも信じられないことだった。

多忙《たぼう》にもかかわらずアイリのためにと、ティータイムにだけ執務室を訪《おとず》れるのを特別に許可してくれているとわかっているからなおさらだ。

ギルハルトと婚約を果たして一か月。

アイリはまだ夢の中にいるようで、朝、目を覚ますたびに実家にいたころの朝のルーティン一番目、『飼い犬の餌《えさ》やり』をしなければ！　と慌てて身を起こした瞬間《しゅんかん》、ここが宮《きゅう》殿《でん》に与《あた》えられた私室であることに気づき混乱してしまう。そのくらいに現実味がない。

「では、失礼しました陛下！」

文官たちに菓子《かし》を配り終えたアイリが、仕事の邪魔《じゃま》をしてはいけないと、踵《きびす》を返した瞬間である。

「待て、アイリ」

やや鋭《するど》い口調で呼び止められ、どきっとしながら足を止めた。

「ど、どうされました？　陛下」

もしかして、こっそり見とれていたのがバレただろうか……。

緊張《きんちょう》しながら彼の元へ戻《もど》れば、ギルハルトはふと気づいたように彼自身の左手を示した。

「アイリ、おまえの婚約指輪はどうした？　つけていないようだが」

「え、あ、はい。お菓子を作るときは、外しているんです。陛下にいただいた大切なものですから、なくしたり汚《よご》してはいけないと思いまして……」

指摘《してき》されたということは、指輪を外すのはよくないことなのだろうか。

伯爵《はくしゃく》家に生まれたというのに養女として質素な暮らしを余儀《よぎ》なくされてきたアイリは、国王の婚約者になってからも長年で染《し》みついた貧乏性《びんぼうしょう》が抜《ぬ》ける気配がない。情けなくて、半泣きになっていると、それを見たギルハルトは苦く笑って言った。

「なくそうが汚そうが、おまえのものなんだから気にしなくてもいい。どう扱《あつか》おうと、おまえの自由なんだが……あー……指輪の話は、いったん置いておこう。それよりも、だな。ティータイムだというのに、おまえはここで茶を飲んでいかないつもりか？」

「え、ええ。今日は失礼します。まだ、お菓子作りが終わらないので」

「菓子？　菓子ならここにあるだろう」

そう言ったギルハルトに手を引かれたかと思うと、強引《ごういん》に腰《こし》を抱《かか》えられてしまった。

さっと一礼をした文官たちが、全員、執務室を出ていって——いったい、何の気を使われているのか？　想像するだけで恥《は》ずかしさに顔が熱くなるアイリは、ギルハルトの腕《うで》の中で身を固くするが、彼は意に介《かい》さず、彼女をさらに引き寄せてささやいた。

「……なあ、アイリ？」

耳に吹《ふ》き込まれたのは、少し拗《す》ねたような声だった。

「俺は、おまえとのティータイムを待ち遠しく思っていた。おまえは？　俺と過ごす時間を楽しみにはしてくれないか？」

甘いしぐさで、あやすように持ち上げられた手の甲《こう》に、そっとキスを落とされる。

それがこそばゆくて、恥ずかしくて、首まで熱がのぼってくるのを感じながら、アイリも小さな声で返した。

「わ、私も、陛下と過ごしたいのです、が」

「過ごしていけばいいだろう」

「いえ、あの、まだ、や、やらなければならないことが」

「休憩《きゅうけい》は必要だ。俺もアイリの作った菓子をゆっくり堪能《たんのう》して休憩したいところだが……おまえの手ずからではないと、菓子を食べられない体になってしまっているからな。だからアイリがいてくれないと、困るんだよ」

そんなまさか、笑い飛ばそうとするアイリだが。

「……駄目《だめ》、か？」

甘いささやきから一転、きゅーん、と悲しげに鳴く子犬のごとく、いかにも心細そうな声でうかがいを立てられれば、心がぐらついた。

ギルハルトに出会って一か月半、彼の優《やさ》しさは身に染みて承知している。

休憩していきなさいと、こうやって、あたかも自分のわがままみたいにしておいて、アイリを甘やかしてくれているのだろう。

大好きなギルハルトと、ゆっくりお茶の時間を楽しみたい。心からそう思う。

でも、それでも——だからこそ、甘えてはいけない。銀狼陛下と呼ばれるこの人の傍《そば》にいるためには！

「わ、私……！　次のお菓子の生地《きじ》をオーブンに入れないと、いけません、からっ！」

自分を鼓舞《こぶ》するように宣言したアイリは、後《うし》ろ髪《がみ》を引かれる思いを振《ふ》り切り、執務室から逃《に》げ出すのだった。


腹に回した腕を押しのけられたかと思うと、彼女は驚《おどろ》くほど俊敏《しゅんびん》な動きで執務室を出て行ってしまう。さながら脱兎《だっと》のようだった。

獲物《えもの》に逃げられた狼《おおかみ》状態のギルハルトは、呆然《ぼうぜん》としてつぶやく。

「アイリは……この俺よりも、菓子を焼く方が大事だというのか……？」

幸い文官たちが全員退室したあとである。

ショックを隠《かく》す余裕《よゆう》もなく愕然《がくぜん》としていると——。

「陛下。こちらを」

突然《とつぜん》、真後ろからした無感動な声と差し出された書類に、内心ぎょっとする。

「おい、サイラス……貴様、気配を消して俺の背後に立つのをやめろと言っているだろう」

宮廷《きゅうてい》首席近侍長《きんじ》の無表情メガネこと、サイラス・レッチェは主のうなるような苦言に、善処します、と便利でおざなりな言葉を事務的に返してから言う。

「恐《おそ》れながら、陛下。明日のご予定をお忘れではないかと」

――明日？

何かあっただろうか。

通常どおりの執務をこなす気でいたギルハルトは、眉《まゆ》をひそめながら手渡《てわた》された書類に視線を落とす。そこには貴族の名やら、ルプス国の各所に配属されている高官の名やらがずらりと並ぶ。しばし脳内に検索《けんさく》をかけ――。

「……ああ、王家主催《しゅさい》の茶会の出席リストか。もう明日だったのか……」

ため息をつく。そういえば、そんなものあったな、と。

「そのように、ぶっちゃけどうでもいい、面倒《めんどう》くさい、というお顔をなさらないで」

「していない」

「さようで」

むっつりとする主の反論を軽く流し、サイラスは言った。

「この茶会は、陛下とアイリ様の婚約式に出席できなかったみなさまのために開かれます。婚約式同様、アイリ様のお披露目《ひろめ》が目的の、大切な式典ですよ」

ギルハルトは当初、自分の中に流れる人狼《じんろう》の血を認めたくないばかりに、月の聖女たるベルンシュタイン伯爵家の令嬢《れいじょう》との婚姻《こんいん》を拒《こば》んでいた。

婚約すら難航するだろうというサイラスの予想は、しかし幸いにも外れることになる。

十年前に決められていたギルハルトの婚約者が逃げたせいで、偽物《にせもの》の『身代わりの婚約者』が訪れた……にもかかわらず、王の婚約はとんとん拍子《びょうし》に進んだのだ。

おかげで、国中の貴族への婚約式の案内は急遽《きゅうきょ》行われることとなり、遠方であったり予定が合わず、欠席者が大勢出たというわけだ。

とはいえギルハルトにとって、（業腹《ごうはら》であるが）サイラスに見抜《みぬ》かれた通り、本音では面倒だったし、どうでもよかった。だからこそ、すっかり忘れていた。

アイリはギルハルトの婚約者であり、ギルハルトだけのものだ。なぜにお披露目なんて必要なのか——。

——なんて考えでいいはずないだろう。

一国の王として理性で承知してはいるのだが、どうにもアイリが絡《から》むと、王としての立場や役割を忘れ、誰《だれ》かに奪《うば》われるのではないかという恐れと疑念に合理的判断が鈍《にぶ》りそうになる。誰の目にも触れない場所にアイリをしまっておきたいという衝動《しょうどう》に駆《か》られ、心がかき乱されそうになる。彼女のおかげで人狼の血に不安定になっていた情緒《じょうちょ》が正常を取り戻したというのに。矛盾《むじゅん》していておかしな話だ。

ともあれ、ギルハルトはアイリが忙《いそが》しく菓子作りをしている理由に、今更《いまさら》になって思い至った。

「なるほど。アイリが『朝から』菓子を作っていたってのは、明日の茶会のためなのか」

ルプス国の茶会では、主催者やその夫人が菓子を振る舞《ま》うのが伝統なのだ。

狼の姿をとった神とされる初代国王は、人知を超《こ》えた屈強《くっきょう》な肉体を持ち、暗殺には毒が使われたという。その影響《えいきょう》からか貴族の間でも互《たが》いを害するのには頻繁《ひんぱん》に毒が使われ、貴族の間で食べ物を振る舞いあい、敵意がないことを示しあうのが流儀《りゅうぎ》となった。

やがて振る舞いあう食べ物は、主催者の手作りというわけではなく、茶会に出す茶や菓子を采配《さいはい》するのがほとんどとなる。

いまや采配すらせず、表向き『主催者が手ずから準備した』とするのが暗黙《あんもく》のルールだ。

「──何も、王の婚約者が手ずから菓子を焼く必要もあるまいに」

そんなことよりも俺に構えばいいだろう、という本音をにじませ小さくぼやけば、耳ざとくそれを聞きつけたサイラスが言った。

「宮廷内での『月の聖女』の噂《うわさ》は、貴族間でも広まっております。茶会で、月の聖女様にお会いしたいという貴族は多いですよ」

何をどうもてはやされようが、ギルハルトにとっては、ふたりきりのティータイムを邪魔された、という事実があるだけだ。

「もういい、茶会についてはおまえに一任する。適当にやっておけ」

つき返そうとした出席リストを、しかし、サイラスは無表情に押し戻してきた。

「陛下。お言葉ですが、あなた、ここのところ少しばかり浮《う》かれすぎではありませんか？」

「……なんだと？」

「恐れながら、私の目にはそのように映っております。先日は久々に、騎士《きし》団の訓練戦に参加していらっしゃいましたよね。ずいぶんとはしゃいでおられたようで」

ギルハルトは、荒事《あらごと》が嫌《きら》いではない。鍛錬《たんれん》すればするだけ上達する剣術《けんじゅつ》が好きだし、腕前《うでまえ》もこのルプス国のどの武人にも比類ないと言われている。

人狼の血に振り回されていたかつてのギルハルトは訓練相手を徹底的《てっていてき》に叩《たた》きのめしてしまうという理由で、渋々《しぶしぶ》ながら剣《けん》の鍛錬を休止していた。それだけに、久々に参加した訓練戦は、たしかに最高に楽しかった。

「俺は騎士どもを半殺しになどしていないぞ」

「あなた、いつもはそんなに察しの悪い方ではないでしょう。浮かれておいでの証左《しょうさ》ではありませんか。言わねばわかりませんか？　陛下の好調は、すべてアイリ様がもたらしたもので、そのアイリ様があなたと過ごす時間を惜《お》しんで、もう何日も前から茶会の準備を始めてらっしゃるんですよ」

「…………！」

「その茶会を『適当にやっておけ』なんて唾棄《だき》するのは、いかがなものでしょう」

ギルハルトはぐっと言葉に詰《つ》まる。

王家主催の茶会は、盛大《せいだい》だ。大勢いる招待客のためにアイリ自らすべての茶菓子を差配《さはい》するというのなら、それはとんでもない大仕事のはずだ。

「……なるほど、おまえの言う通りだ。少々、周りが見えていなかったようだな」

彼女はこの自分の傍にいるだけでいい、なんてひどく傲慢《ごうまん》な考えだった。

己《おのれ》を恥じたギルハルトは背筋を伸《の》ばし、改めてリストに視線を落とす。

すばやく視線を動かしながらページを繰《く》っていると、リストの中に忌々《いまいま》しい名を拾った。

「マルテンシュタイン伯《はく》と、その令嬢？　――おい、サイラス。あのタヌキ伯爵を呼んだのか」

「恐れながら、《儀式《ぎしき》》においての『舞踏《ぶとう》会』に不参加だった貴族すべてに、招待状をお送りしましたから」

《儀式》というのは、アイリを婚約者として迎《むか》えるにあたり行われた七つの儀式のことだ。

「ふん。グレル侯《こう》が捕《つか》まったとたんに出席とは、ツラの皮が厚い野郎《やろう》だ」

グレル侯爵《こうしゃく》とは先日、ベルンシュタイン伯爵家を陥《おとしい》れようとして捕縛《ほばく》された男のことだ。マルテンシュタイン伯爵は、そのグレル侯爵の率いる一派に属していた。

グレル侯爵一派には、ルプス国の国費を浪費《ろうひ》しまくった前科がある。おかげで傾《かたむ》いた財政を立て直すのに、ギルハルトは大変な苦労を強《し》いられた。

くだんのマルテンシュタイン伯爵もまた、この浪費にしっかり便乗していたのだが、ギルハルトが玉座《ぎょくざ》につく頃《ころ》からなりをひそめていた。心を入れ替《か》えたのかと思えば――。

「――俺の記憶が確かなら、マルテンシュタイン伯は、俺が『暴君』状態になったとき、俺を王位から廃《はい》すべきだ、という意見に同意を示した――という記録が残っていなかったか」

「おっしゃる通りです」

グレル侯爵一派の貴族は、自分の娘《むすめ》を王妃に据《す》えたがり『舞踏会』に出席していた。マルテンシュタイン伯爵にも年頃《としごろ》の娘がいるが、『舞踏会』にマルテンシュタイン父娘《おやこ》の姿はなかった。一度は廃すべきだと表明した王の祝い事に、参加するのはさすがにおこがましいと遠慮《えんりょ》したのかと思いきや、今回の茶会へは、父娘そろっての出席である。

――まあ、そもそも人狼の血に振り回されていた俺に非があるんだがな……。

廃位は当然の意見だろうとは思うが、父王の散財を諫《いさ》めるどころか、それを煽《あお》り、さらには利権を享受《きょうじゅ》しつくした男である。ルプス国の未来を慮《おもんぱか》って、とは到底《とうてい》考えられない。

「今回の茶会では、真意を検《あらた》める必要がありそうだな」

そう心にとどめる。

さらにリストを繰っていたギルハルトは、とある名を発見し、ぴたりと動きを止めた。

「……ユリアン・イェルク。奴《やつ》が、来るのか」

「イェルク家は婚約式に出席していらっしゃいませんでしたので、招待状をお送りしておりましたが——問題があったでしょうか」

「いや……少し、驚いただけだ」

この男が王宮を訪れる、という事実に。

——長男ではなく、よりによって次男《こいつ》か……。

どうにも胸が騒《さわ》いで、心の中だけで悪態をつく。

ギルハルトは立ち上がった。

「サイラス。おまえの言う通り、たしかに俺ははしゃいでいる。そもそも、人狼の血に振り回されて苦しむ日が来るなんて夢にも思っていなかったし、アイリが来たおかげでそれが収まるとも思っていなかった」

ギルハルトは執務室の扉《とびら》に向かって速足に踏《ふ》み出した。向かう先はもちろん、誰よりも愛おしい元・身代わり婚約者のいる場所だ。

人生は、いつなんどき、何が起こるかわからない。

「俺はな、はしゃげるうちにはしゃぐことにしたんだよ。止めてくれるな」

できるうちにできるだけ、この手の内に、幸せを確かめておくのだ。

嫌《いや》な予感がするならば、なおさらに――。

一方、麗しの銀狼陛下が自分のおかげで、わんわんと庭を駆け回りたいくらい大はしゃぎしているなどつゆ知らないアイリは、菓子の残りも少なくなった籠《かご》を片方の手に、甘いささやきを吹き込まれた耳に触れながら、廊下《ろうか》を歩いていた。

――ギルハルト、今日もすごく格好良かった……。

顔が熱くて、ぽーっとする頭は、凛々《りり》しい彼の姿を思い起こす。

たくましい腕が、この腰に回された。さらさらの銀髪《ぎんぱつ》が頬《ほお》に触れて、魅惑的なアイスブルーの瞳《ひとみ》がアイリを間近に見つめていた。

あの目に見つめられるだけで、アイリの胸はドキドキうるさくてたまらないのに、抱《だ》き寄せられたものだからどうにかなってしまうかと思った。

――あんな素敵《すてき》な人が、私の婚約者だなんて……。

手入れの行き届いた中庭に面した渡《わた》り廊下、季節の花々の匂《にお》いを感じながら、この一か月、もう何度噛《か》みしめたかわからない事実を噛みしめる。

「アイリ様？　陛下とティータイムをご一緒《いっしょ》なされなくてよろしかったのですか？」

アイリの隣《となり》、どこか心配そうな声でそう言ったのは、菓子籠を手にしたエーファだった。

「婚約式からこっち、陛下と、ゆっくり過ごされていないでしょう。お菓子作りの続きなら、わたくしどもでやりますのに」

婚約後、アイリ付きの侍女頭《じじょがしら》に任命されたエーファは、いっそうこまめにアイリの世話を焼いてくれている。気づかわしげに申し出てくれるエーファに対し、アイリはしまりのない笑《え》みをこぼしてしまいそうになる口元を引きしめた。

「ありがとうございます。でも、私でできることなら、私がしないといけないんです」

これは夢なんかではなく、現実だ。

現実にギルハルトの正式な婚約者となったのだ。それに——。

「これ以上陛下とご一緒していると、ふわふわ浮かれてしまいそうですし」

ただでさえ、身代わり婚約者だった自分には、足りないところだらけだろう。銀狼陛下にふさわしい伴侶《はんりょ》となるために勉強することがまだまだ山積みだ。

ギルハルトの助けになれるならば、どんなことにも挑戦《ちょうせん》したい。

彼の隣に立つにふさわしい王妃になりたい。

そう決意を固めるアイリであるが、エーファは目を丸くした。

「まあ、アイリ様ったら！　婚約したての今浮かれないで、いつ浮かれますのっ。楽しみを置いておいてまで、アイリ様が無理されることはありませんわ」

「私、無理なんてしていませんよ？」

「いいえ、しておいでですっ！　朝は、王妃としての教養や立ち居振る舞いのお勉強。昼は無表情メガネ——ではなくて、サイラス首席近侍長による王家の歴史、国内の王侯《おうこう》貴族や、周辺諸国との関係などのお勉強。夜はご自身の領地経営についておひとりで遅《おそ》くまで自習をなさって。余暇《よか》があれば、ご自身の楽しみではなく、わたくしども侍女従者その他多数の希望者のために、お菓子作りをなさっておいでで……休む暇《ひま》もないではありませんか！　これが無理ではなくて、なんなんですのっ」

エーファが何に嘆《なげ》いているのかわからないが、自分のためにここまで言ってくれているのだけはわかるので、アイリはおろおろしながらも彼女をなだめた。

「本当の本当に、無理なんてしていませんから、ね？」

なにせアイリは王宮に上がるまで、わがまま放題な義理の家族たちの世話にてんてこまいの日々だった。王の婚約者となった今、上げ膳据《ぜんす》え膳、こうやってエーファをはじめとする傍仕《そばづか》えの面々から過保護なくらいに世話を焼かれる側にまわり、勉強までさせてもらって、『忙しい』なんて言ったらバチが当たるだろう。

「陛下も陛下ですわ。婚約の早々、お仕事ばかりなさって」

「陛下は、この王宮にいるみなさんのことを心から大切に想《おも》われているんですよ」

人狼の血に自身を見失っていたときでさえ、彼は我が身ではなく臣民《しんみん》の心配をしていたのだ。アイリは、そういうギルハルトが好きになったし、心から尊敬し信頼《しんらい》している。彼の力になりたいと願っている。

「だから、陛下のお手伝いが少しでもできればいいなと思っているんです」

「では、アイリ様のお手伝いはこのエーファがいたします。遠慮なさらず、なんでもおっしゃってくださいまし。エーファは、アイリ様のために、ここにいるのですから」

幼いころに両親を亡《な》くしたアイリは、他者からここまでの献身《けんしん》を向けられることは生まれて初めてだった。どう反応していいかわからず、やはりおろおろしながらも、ほほえみを返した。

「気にしてくださって、ありがとうございます。エーファさんのおかげで、本当に、充《じゅう》分《ぶん》すぎるくらい毎日が楽しくて、幸せなんですよ」

「……アイリ様ったら……」

エーファは涙《なみだ》ぐみながらも、こぶしを握《にぎ》りしめる。

「そんなハードルの低いことではいけませんわあああっ！」

「ハードル……？」

「もっと高みを目指しましょう！　さあ、アイリ様！　レッツ・ハッピーですわよ！」

「え、あの、ですから、私、本当に幸せなんですって」

毎日、おいしい食事が食べられる。カチカチの寝床《ねどこ》ではなく、ふかふかのベッドで眠《ねむ》ることができる。妹がためにためた家庭教師からの課題を押し付けられて夜なべすることもなければ、慢性的《まんせい》な寝不足《ねぶそく》でもない。家計が逼迫《ひっぱく》し、使用人の給金がどこからどう捻出《ねんしゅつ》しても足りなくて、痛む頭を抱えることもない。

しかし、ハードルが低い、という指摘は王の婚約者としては、その通りだろう。

ギルハルトが忙しそうにしているのに、浮かれているなんて言語道断《ごんごどうだん》であるし、エーファをはじめとする侍従《じじゅう》たちに世話をしてもらっているだけの働きを王の婚約者として返したい。

何より、ギルハルトが傍にいてほしいと望んでくれた。

身代わりだったアイリを、必要としてくれているのだ。

実家では、目の前の困難をなんとかこなすので精一杯《せいいっぱい》だったが、これからはそれだけでは足りないだろう。ギルハルトに恥《はじ》をかかせないためには、広く臣民に認められる必要がある。

銀狼陛下の婚約者としてのハードルを上げる必要があるのだ。

「もっとたくさんのことを勉強して、もっとたくさんがんばらないと――」

――正式な婚約者ではなく、ただでさえ私は身代わりだったんだから、何倍もがんばらないと。もっともっと、がんばらないと……！

「アイリ様……」

自分に言い聞かせるアイリに対して、エーファが再び心配そうな表情をした、その時である。

「こんにちは、そこのレディたち」

背後から聞き覚えのない男の声がした。

振り返ってみると、見知らぬ青年がアイリたちに向かってほがらかに手を振っている。

「ちょっと聞きたいんだけど、今、時間大丈夫《だいじょうぶ》かな？　ギルハルトくんがどこにいるか教えてほしいんだ。彼に会いに来たんだけど、王城っていつ来ても広いねぇ」

——ギルハルトくん？

「え……あの」

鮮《あざ》やかな赤毛が印象的なその人物は、すらりとしたスマートな体軀《たいく》をしていた。目鼻立ちの整った顔は繊細《せんさい》で、どこか中性的な印象を与える美男子であるが、なぜだか頭に葉っぱを数枚くっつけている。

濃紺《のうこん》のマントを羽織った旅装。それを彩《いろど》るさりげない装飾《そうしょく》にはセンスのよさがうかがえるも、しかし、全体的に少しばかりうす汚れて見えた。

背にはリュートを背負い、肩《かた》には何やら白くて丸みのある鳥が乗っている。

街では見かけないあの鳥は、図鑑《ずかん》で見たことがあるような？

——もしかして、フクロウ？　この人は旅芸人か、吟遊詩人《ぎんゆうしじん》かしら……？

見まがいかけるが、少々埃《ほこり》っぽくとも、妹の行く貴族の集まりに何度も付き添《そ》ったことのあるアイリの目には、男が身に着けている衣装《いしょう》やアクセサリーがどれも高品質であるとわかる。

なんであれ、この謎《なぞ》の男が王宮に勤める宮廷人でないのは間違《まちが》いない。

「失礼ですが、どちら様でしょうか……？」

「ああ、このフクロウ？　かわいいでしょ。名前はシロっていうんだよ。ほら、シロ、レディたちにご挨拶《あいさつ》を」

聞いてもいないのに名を教えられたフクロウは、その名の通りの真っ白な翼《つばさ》を大きく羽ばたかせて舞い上がる。

「わ、ちょっ、シロ、待って待って」

飼い主の制止を無視して、シロはアイリの肩へと飛び移った。

少し驚いたが、大きさの割に不思議に重さを感じない。覗《のぞ》き込んでくるまるい瞳は金色で、まるで望月《もちづき》のよう。綺麗《きれい》、と思っていると、フクロウはアイリに頭をすり寄せてきた。

昔から、なぜだか動物に懐《なつ》かれやすいアイリは慣れたもので、求め通りに頭を優しく撫《な》でてやれば、フクロウは満足そうに目を閉じる。

飼い主は、驚いたように目をしばたたかせた。

「ちょっと……嘘《うそ》だろ、シロ？　キミ、普段《ふだん》は絶対他人に触《さわ》らせたりしないじゃない。餌《えさ》

にだってなびいたりしないくせに、今日はどういう風の吹きまわし」

「えっと……シロ？　かわいい子ですね」

「うん。気まぐれで気難しい子だけど、かわいいんだよ。キミもとってもかわいいね。エプロン、とっても似合ってるよ」

やけに馴《な》れ馴れしい。

ぐいぐい距離《きょり》を詰めてこられて、肩にフクロウを乗せたままアイリはひるんで後ずさる。今まで接してこなかったタイプだけど……この人、なんというか――。

「ちゃらい、ですわね」

ぼそ、とアイリにしか聞こえないほどの声音《こわね》でつぶやいたのはエーファだ。油断のない身のこなしで謎の男とアイリとの間に立ちふさがると、にっこりほほえんでみせる。

「失礼、お客様。陛下に謁見《えっけん》の約束がおありでして？　ならば、担当官をお呼びするので、案内を受けてくださいまし」

「いやぁ、できれば、直《じか》にギルハルトくんに会わせてほしくてね。今日はアポなしだからさ。何日も待たされるのがまどろっこしくて、そこの城壁《じょうへき》乗り越《こ》えてきちゃった」

てへ、とばかりに舌を出す。

不法侵入《しんにゅう》にまったく悪びれない男の発言に、途端《とたん》、エーファの気配が鋭利《えいり》になった。

「まあま、ずいぶん常識知らずなお客様だこと。さがりなさい、衛兵を呼びますわよ？」

警句に顔色を変えもしなければ、逃げ出そうともしない。

赤毛男はエーファの背後にいるアイリを覗き込み、馴れ馴れしく話しかけ続ける。

「先日の婚約式、盛大だったんだってね。出席したかったなぁ。残念だけど、間に合わなくってさ。ギルハルトくんがどんな女性と結婚《けっこん》するのか、とっても興味あるんだよね」

にこにこしながら自分の都合をしゃべくっていたかと思うと、アイリの持っていた菓子籠の中から勝手に焼き菓子をひとつつまんで食べ始めた。

「わあ、これ、おいしいね。シロも欲《ほ》しい？　はいどうぞ」

半分を割って差し出してやると、フクロウがそれをついばんだ。

「甘さ控《ひか》えめで、ナッツがたっぷり！　これは、ケーキ？」

「え？　ええ、それは、『マンデルクリンゲル』と言いまして」

「ちょっとサクサクしてて、クッキーっぽくもあるような……」

「おっしゃる通り、生地にイーストを使わずミュルベタイクにしているのでクッキーみたいにサクサクなんです。あ、ミュルベタイク、というのはですね」

奇妙《きみょう》に人を油断させる話術に翻弄《ほんろう》され、瞳に輝く好奇《こうき》心には嘘がなさそうなものだから、ついつい説明してしまうアイリである。

侍女、というものは、基本的に主人のする振る舞いの邪魔をしないのが鉄則だ。耐《た》えるように黙《だま》って見守るエーファの笑顔《えがお》が引きつっているのに気にも留めずマイペースな男は、心底感心したようにうなずいた。

「ふーん。つまり、このお菓子はキミが作ったんだね。え、全部？　すごいなあ！」

ほめられて戸惑《とまど》えば、男はふふ、と笑った。

「やっぱり、キミってとってもかわいい。王宮っていいなぁ、こんなにかわいい侍女ちゃんがいてさ」

「え……？」

「明日のお茶会のために、一生懸命《いっしょうけんめい》お菓子作りしてるキミたちふたりは、例の婚約者の侍女なんだよね？」

アイリが口ごもる間にも、赤毛の男は焼き菓子をつまもうとする、が。

「いい加減になさい！」

先ほどからこらえていたエーファが、ついに我慢《がまん》の臨界点《りんかいてん》を突破《とっぱ》した。

「さっきからなんなんです、この無礼者っ！　名を聞いてから、対処いたしましょうと様子を見ていましたが、いつまで経《た》っても名乗りもしない。そも、許しも得ずに王の宮殿に侵入するなんて、どういう了見《りょうけん》ですか！」

「あ、ほんとだ。まだ名乗ってなかったねぇ！　僕としたことが、レディに対して礼儀《れいぎ》を欠いていたよ」

エーファの喝破《かっぱ》にひるむどころか、愉快《ゆかい》そうに笑った赤毛の男はすっと一歩さがると、うやうやしく身をかがめる。まるで手品師でも見ているような所作——気づけばアイリは手を取られていた。

「ごきげんよう、レディ。お会いできて光栄です。僕の名前は——」

手の甲に、男の形よい唇《くちびる》が触れそうになった、その瞬間である。

アイリの肩にいたフクロウが羽ばたいて空中へと舞い上がった、と思った瞬間、アイリのもう片方の手が力強く引き寄せられた。

そのまま赤毛の男から奪うように、アイリを胸に抱き寄せたのは——。

「ギルハルト……！」

思わず名を叫《さけ》んで、慌てて口をつぐむ。ふたりきりのときは親しみを込めて『ギルハルト』と呼ぶけれど、人前では『陛下』と呼ぶよう気をつけているからだ。

しかし、ギルハルトは気にするでもなく、赤毛の男に視線を向けるばかり。

赤毛の男は、まるでおもしろいものでも見るようなまなざしを輝かせた。

「やあ、ギルハルトくん！　なんだい、キミ、婚約者ができたばかりなのに、もう侍女に手をつけたの？　さすがだ、銀狼陛下はお盛《さか》んだなぁ！」

先ほどまでと同じ軽《かろ》やかな口調で叩きつけたのは、嫌味《いやみ》とわかる露骨《ろこつ》な嫌味だった。

アイリは驚き、そして身をこわばらせた。表情こそ平静なギルハルトが明らかな苛立《いらだ》ちを全身から立ちのぼらせているのを感じたからだ。

「……失《う》せろ。今ならば笑って見逃《みのが》してやる」

「えー、笑ってないじゃなーい。久しぶりに会ったのにつれないなぁ」

「それ以上口を開くつもりなら、覚悟《かくご》を決めてからにしろ。我が妃《きさき》を侮辱《ぶじょく》する者は、誰であっても許すつもりはない」

「侮辱？　何言ってるのさ、現在進行形で未来の正妃《せいひ》を侮辱してるのは、ギルハルトくんじゃないか」

くすくす笑う赤毛の彼は、まだアイリがアイリ付きの侍女だと思い込んでいるのだ。

というか、この明らかな挑発《ちょうはつ》は――。

――この人、ギルハルトを怒《おこ》らせようとしているの？

銀狼王と呼ばれる男の瞳が、危《あや》うい色をともして底光りするのを確かに見て取ったアイリは急いで口をはさんだ。

「あ、あの！　誤解なさっているみたいですけど、陛下の婚約者は、私なんです！　私は侍女ではなくて、陛下の婚約者で、アイリ・ベルンシュタインと申します！」

「へ……え？」

ここまで飄々《ひょうひょう》としていた男は、ぽかんとあっけにとられたように緑色の瞳を見開いた。

初めて動揺《どうよう》を見せたかと思えば、次の瞬間、悲鳴のように声を上げる。

「うっ、嘘おおお⁉　ごご、ごめんね？　えええ、ごめんなさいっ！　王サマの正式な婚約者っていうから、もっと、こう、鼻持ちならないカンジなんだと思い込んじゃって！うわあああ……レディに対して、なんてこと……なんて言ってお詫《わ》びしたらいいんだ！」

ひどいうろたえようだった。

やがて、彼は自らを落ち着けるようにひとつ息をつくと、姿勢を正す。

「大変なご無礼を、未来の王妃殿下《でんか》。私の名はユリアン・イエルク。国境騎士団団長の補佐官を務めております。このたびは、騎士団長の命《めい》を受け、名代《みょうだい》として挨拶にまいりました。本来は騎士団長自ら挨拶にはせ参じるのが道義ではありますが、日程の都合がつかず。なにとぞご容赦《ようしゃ》を」

態度を一転させて、見事に礼をとってみせた。

――『ユリアン・イェルク』。

それは、つい先日、王妃教育の授業を受けた折にサイラスから聞いたばかりの名であった。『イェルク』とは、先王――つまり、ギルハルトの父親の側室だった女性の姓《せい》である。

――ということは、この方はギルハルトの……。

王に対して『くん』付けをする馴れ馴れしさの正体に思い至り、驚愕《きょうがく》するアイリ。目ざとく察したユリアンは、にっとイタズラを企《たくら》むような笑みを浮かべ、片方の目を閉じてみせた。

「きっとキミのお察しの通り。僕はギルハルトくんの異母弟《おとうと》ってこと。よろしくね」

アイリを抱きしめる腕に、きゅっ、と力がこもる。

愛嬌《あいきょう》たっぷりに自己紹介《しょうかい》するユリアンの笑顔とは対照的に、こっそり振り仰《あお》いだギルハルトは無表情だった。


それからすぐに駆けつけてきた衛兵たちに、ギルハルトの異母弟《いぼてい》は連行されていった。

ユリアンの顔に反省の色は皆無《かいむ》である。

ひらひらと手を振ってみせた彼は、悪びれずアイリに言った。

「お菓子、ごちそうさま！　また明日会おうね～！」

空中からユリアンの肩に舞い戻ってきたフクロウもまた、アイリに挨拶するように大きく翼をはばたかせていたが、さすがに彼らに手を振り返すのはやめておいた。

アイリを捕《と》らえているギルハルトの腕の力に緩《ゆる》む気配がないからだ。

「あ……あの、陛下――」

「『ギルハルト』と呼べ」

主君の短い一言で『ここからプライベートの会話だ』と察したのだろう、エーファはひとつ頭を下げると静かに立ち去った。

なんと声をかけようかと迷うアイリの体が、突如《とつじょ》、ふわりと抱き上げられる。

「わっ、ちょ、ギルハルト？」

そのまま中庭に出ると、ベンチに彼女を座らせる。ギルハルトも静かに腰を下ろし、アイリの肩をかき抱《いだ》いた。

「……はしゃぐ前に、『嫌な予感』が来てしまったではないか……」

「……え？」

「サイラスにどこまで聞いている。王妃教育の一環《いっかん》で、王族周辺についての説明をおおかにはしていると報告を受けているが」

確かに、アイリはサイラスからルプス国内の王侯貴族について、その勢力関係の説明を受けていた。

しかし、どこまで話していいものか。

無表情メガネの授業は、これまで正式な淑女《しゅくじょ》教育など受けていない、いわば門前の小僧《こぞう》であったアイリに対して親切なのか不親切なのか。歯に衣《きぬ》着せなければオブラートにも包まれていない、むきだしストレートな内容だったので。

サイラスの話では、先ほどの赤毛の男、ユリアン・イェルクにはふたりの兄弟がいるとのことだ。上には、根っからの武人であるという長兄《ちょうけい》。

『この長兄は、国境騎士団の団長として国境警備に当たっています。陛下とは、悪くない関係を築いていますよ。少なくとも表向きは。実情はわかりません』

それはそうだ。人の心ばかりは諜報《ちょうほう》しようがない。

ユリアンの下には末っ子で体の弱い三男がおり、気の毒にも病床《びょうしょう》についているという。

そして——くだんの来訪者、赤毛のユリアンについては——。

「次男のユリアンは、陛下の生まれたわずか五か月後に誕生しました。そのこともあってか、先王の正妃——つまり、陛下のご母堂《ぼどう》は特に、この次男を嫌っていたようですね」

嫌って、おいでだったんですか、と確認《かくにん》を取ると。

『死ぬほど』

と返ってきたのを思い出したアイリは、さあっと青ざめる。

『先王は、愛する側室の子を——イェルク家の三兄弟を大変に気遣《きづか》っていたそうですよ』

しかし、父の愛は裏目に出た。

それは、先王の愛を欲《ほっ》していた正妃の憎悪《ぞうお》を煽り、ユリアン誕生をきっかけにして苛烈《かれつ》さを増したという。

宮廷では側室への悪言《あくげん》があることないこと広められ、手下を使っての嫌がらせは日常《にちじょう》茶飯事《さはんじ》。そのあまりの激しさに、とばっちりを恐れた諸侯《しょこう》はそろってイェルク家を冷遇《れいぐう》したという。

ちなみに、イェルク三兄弟の母親は先王の『愛妾《あいしょう》』ではなく、『側室』である。だから当初、兄弟たちにも王位継承《けいしょう》権は認められていたのだが、しかし、とある事件がきっかけで、継承権は三人ともが返上された。

王都に屋敷を与えられていた側室が王都を離《はな》れ、現在イェルク三兄弟が赴任《ふにん》している国境付近の辺境に居を移したのも、この『とある事件』がきっかけであるという。

ともあれ、周囲からの逆境に負けることなく長兄は騎士としての頭角をめきめき現し、純粋《じゅんすい》な実力で国境騎士団の団長に就《つ》いたのだった。

『長兄の身体能力は、おそらく、人狼の血の恩恵《おんけい》を受けているのでしょう』

先祖返りするほど人狼の血の影響を受けたギルハルトほどではないだろうが、それでも、部下を率いるカリスマ性は評判で、国境は彼に任せていれば安心だと、宮廷内からの信頼も篤《あつ》い。ギルハルトの母の存命中は手酷《てひど》く扱ってきたというのに、この掌《てのひら》の返しよう。

常に無感動なはずのサイラスの口調に侮蔑《ぶべつ》が混じっていたのは気のせいだろうか。

それはともかくとして――。

『もしも、アイリ様がいらっしゃらず、陛下の暴君モードがさらに悪化していれば、イェルクの長兄が代王として宮廷に招かれていた可能性がありました』

そういう意見が宮廷内にあったという。

『ユリアン・イェルクは、国境騎士団長の右腕《みぎうで》として活躍《かつやく》しています。身軽な男で、兄のお使いという名目で各地を旅して歩き、国際情勢にも詳《くわ》しいということです』

周辺諸国の言葉を操《あやつ》り、流通・商《あきな》いにも手を伸ばし、王都の貴族・大商人に顔が利《き》くという話で――。

「アイリ？　どうした、黙り込んで」

ギルハルトに声をかけられ、物思いに沈《しず》んでいたアイリはハッと我に返る。

「あ、あの、」

「ああ……サイラスに聞いたんだな。俺の母親が、イェルク兄弟に対してひどく嫌がらせをし続けていたことを」

「えっ、あ、ギルハルト、それ、ご存じで――」

「王宮に暮らしていればさすがにわかる。それで……ユリアン・イェルクからは？　あいつからは何か言われなかったか」

「は、はい……」

「本当か？　あの男、おまえに対して『なんて言ってお詫びしたらいいか』だの言っていたではないか」

「それは――」

――侍女と、間違われてしまいました。

そんなのはいちいち報告するような事柄《ことがら》ではないだろう。

何しろ、アイリは、かつて王の正式な婚約者であった妹の社交に付き添っていたときに、周りの貴族たちから何度もベルンシュタイン家の侍女と間違われてきた。

慣れているのだ。だから、たいしたことではない、そのはずなのだが。

腹を立てているというわけではない。なのに、なぜだろう、心を覆《おお》うもやが晴れずにいる。

「ギルハルトは……王陛下の婚約者が自分でお菓子を作るのって、おかしいと思われますか？」

「……あいつが、そう言ったのか」

「いいえ、違《ちが》います！　もしかして、私のやっていることは周りからしたら変なのかなって、少しだけ心配になりまして」

「変だなんて、思うわけがないだろう。ルプス国では、貴族同士で食い物を供《きょう》しあうのが大昔からの慣習だぞ。まあ、今では、形骸《けいがい》化したっていうのはあるだろうが」

「形骸《かたちだけ》……それが、普通《ふつう》なんでしょうか……」

「アイリ。やはり、あの野郎に何か言われたんだろう」

ぴりついた気配を発するギルハルトの腕の中、アイリは身をこわばらせた。

その反応を怯《おび》えと取ったのか、ギルハルトははっとした様子でアイリに回していた腕を解いた。

「……すまない。俺は――」

迷うような間《ま》の後、彼は言う。

「俺は、あのユリアン・イェルクと仲が良《い》いとはいいがたい。おそらく、あっちは俺を嫌っているだろう。以前から、あの男は露骨に態度に出していたからな。だから……明日の茶会でも、あいつは何か嫌味を言ってくるかもしれない。俺は仕方のないことだが、おまえにまで火の粉が降りかかったらと思うとな」

「ギルハルト……」

「そもそも、うちの母があちらの母子を冷遇なんて言葉では済まないほどの扱いをしていた。だから、あっちがこちらをよく思っていないのは無理からぬことだ。そして、それをどうにもできずに今日まで来た——すべて、俺に非がある」

ギルハルトの思いつめたようなこの表情の意味をアイリが知るのは、後のこととなる。

ともあれ、先ほど、アイリを使用人だと間違えたユリアンに悪意は感じなかったのだ。

「私は、大丈夫ですから。本当に意地悪なんてされてませんし」

使用人に間違われたのは、王の婚約者たる風格が足りていないアイリの問題ということだ。

やはり、もっとがんばらなくては、と自分を鼓舞して言う。

「明日は大勢のゲストがいらっしゃいます！　仮にユリアンさんが何かをしようとしたって、公衆の面前なんですから、何もできませんよ」

「何もできない？　たった今、侍女がいる前にもかかわらず、あの野郎、おまえのこの手にキスしようとしていたではないか」

そう言うと、ギルハルトはアイリの手を取ってその甲に唇を落とした。

「他には？　あいつに何をされそうになったか、正直に教えろ」

「は、え？　ええと……」

手の甲に感じるギルハルトの唇。その熱に気を取られていたアイリが口ごもれば、彼の声が急速に冷える。

「……されたんだな？」

「い、いえっ、お菓子をつまみ食いされたくらいで」

「ほう。それは許しがたい」

低くつぶやいた唇が、アイリの手に甘く噛みついた。

「ひゃあっ」

たまらず悲鳴を上げるアイリの反応に気をよくしたギルハルトの、許しがたい、と言った口は企みを含《ふく》んで笑っている。

「俺にも今すぐ菓子をよこせ。でないと、今、ここでおまえを食ってしまうぞ？」

「わ、私を食べるって……私、お菓子ではないですからっ」

「ああ、そうだな。菓子よりもずっと甘くてうまいだろう」

今度は手首を甘く噛んだギルハルトのアイスブルーの瞳が、熱っぽさを宿してアイリを見つめる。熱が伝播《でんぱ》したように、頭がぐるぐるし始めたアイリの本能が危機を察して、慌ててエプロンのポケットから菓子を取り出した。

「……なんだ、持っていたのか。おまえを味見し損《そこ》ねてしまったな」

冗談《じょうだん》なのか本気なのかわからない口調でがっかりしながら、彼は差し出された菓子を見て言った。

「これは先日、俺が夜中まで仕事をしていたときに差し入れてくれた焼き菓子と似ているな」

「は、はい。以前、ギルハルトに、その――」

あーん、を強要されたことを思い出す。ふたりっきりの執務室で甘いひと時を過ごした記憶に赤面しながら、アイリは小声で答えた。

「今回は、ハイデザントにナッツを入れてみました」

ハイデザントとは、生地に混ぜ込まれた焦《こ》がしバターも香《こう》ばしい、口の中でほろほろと崩《くず》れるクッキーだ。

「俺のため？　それとも、他の者のために作ったのを、たまたま俺に差し出しているのか？」

「そ、それは」

「答えろ。でないと、菓子ごとおまえを食ってしまうぞ」

「ギ、ギルハルトのためですっ！　お食事を摂《と》らないときがおありだとうかがっていて、ナッツには栄養がありますから、軽食代わりに、なれば、と――」

なんだか、押しつけがましいので言いたくなかったが、ギルハルトはその説明に満足したようだった。

「そうか。茶会の準備で忙しいのに、俺のために」

アイリは、いつだって王であるギルハルトのためにがんばりたいと思っている。それは王の婚約者として当たり前のことだし、ギルハルトの背負う重責と、彼が臣民のためにしてきたこれまでの苦労に比べればなんということもないはずだ。

「やはり、アイリの菓子は格別にうまい」

アイリの手から焼き菓子を齧《かじ》り、ギルハルトはしみじみつぶやく。

「サイラスから聞いたが、宮廷内でもたいそうな評判だそうだな。なんでも、月の聖女パワーがこもっているんだと」

「ぱわー……」

「おまえの菓子はうまいということだろう。茶会なんて、正直なところどうでもいいと思っていたし、煩《わずら》わしいとすら思っていたが――参加者たちが、おまえの菓子に期待しているというのなら仕方がない」

「私に期待、ですか？」

「ああ。考えてみれば、俺にとっても、俺の妃をおおいに自慢《じまん》してやれるチャンスなんだ。だんだん楽しみになってきたぞ」

ギルハルトは優しい。だから期待というのは大げさなリップサービスだろうが、彼が楽しみにしているというのなら、がぜんやる気が湧《わ》いてくる。

「私、がんばります！」

「ああ、俺の妃は頼《たの》もしい。俺もがんばらねばならんな」

花と菓子の甘い匂いに包まれる中、婚約者たちは互いにほほえみあうのだった。

2. お茶会は嵐を呼ぶ

花咲《さ》き誇《ほこ》る王宮庭園。

うららかな陽気も気持ちのよい晴天の下、盛大《せいだい》な宮廷《きゅうてい》茶会が開催《かいさい》された。

ギルハルトに励《はげ》まされて元気になったアイリは、準備していた茶菓子《ちゃがし》を張り切って振《ふ》る舞《ま》っていた。

「おお！　これが月の聖女様が手ずからお作りになられるという菓子……！」

見事な花が描《えが》かれた白磁器《はくじき》の大皿には宝石のような果物が飾《かざ》られた菓子が並んでいる。

輝《かがや》く銀の器《うつわ》には素晴《すば》らしくいい匂《にお》いのする焼き菓子や軽食がふんだんに並べられ、参加者たちの目や鼻を楽しませる。

ギルハルトの挨拶《あいさつ》が終わると、アイリが参加者たちに笑顔《えがお》で声をかけた。

「今日はぞんぶんにご歓談《かんだん》をお楽しみください。甘いものが得意ではないお客様には、サンドイッチやキッシュ、そのほかにも軽食をご用意しています」

王の婚約《こんやく》者自らが差配《さはい》し、エーファをはじめとする侍女《じじょ》が配る茶からは馥郁《ふくいく》とした香りが立ち上り、より食欲をそそる。

参加者はおもいおもい好みの菓子に舌鼓《したつづみ》を打った。

「宮廷で評判だと、噂《うわさ》には聞いていましたけど、これは……」

「ええ、本当においしいわね！」

「このお茶、お菓子によく合いますわ」

「茶葉も、聖女様自らお選びになったんですって」

それらの声を聞いたアイリは、どうやら満足してもらえそうだと胸をなでおろした。

リラックスした様子で、歓談に花を咲かせている参加者たちの笑顔が嬉《うれ》しくて、こちらまで笑顔になる。みんなが楽しい時間を過ごせますようにと、願いを込《こ》めて準備をした甲斐《かい》があったというものだ。

貴族たちと挨拶を交《か》わしあっていたギルハルトの目がふと上げられる。自然にふたりの視線が合い、笑《え》みを交わしあった——その時である。

「遅《おく》れてしまい、申し訳ございません」

歓談に賑《にぎ》わう会場に姿を現《あらわ》したのは、煌《きら》びやかなドレスに身を包んだ貴族令嬢《れいじょう》だった。

遅刻《ちこく》をしたというのに、やけに堂々とした登場は会場中の注目を集める。数人の令嬢を引き連れ、悠々《ゆうゆう》と歩く令嬢をエスコートしているのは——。

「え……ユリアンさん？」

昨日の薄汚《うすよご》れた旅芸人風の装《よそお》いから一転、ユリアン・イェルクの赤毛は綺麗《きれい》に整えられ貴公子然とした盛装《せいそう》に身を包んでいた。

アイリの姿に気づくと、にこりと笑って小さく手を振ってくる。手を振り返すべきかまごついていると、ユリアンにエスコートされた令嬢が近寄ってきた。

「ごきげんよう、アイリ・ベルンシュタイン様。わたくし、マルテンシュタイン伯爵《はくしゃく》家のヴェローニカと申しますの。以後、お見知りおきを」

まるで鈴《すず》を転がすような、涼《すず》やかな声。気品よく挨拶をするヴェローニカと名乗った令嬢に対して、アイリも礼儀《れいぎ》にのっとった挨拶を返す。

マルテンシュタインといえば、たしか、アイリの実家であるベルンシュタインと遠縁《とおえん》にあたる伯爵家だったか。

――その方とユリアンさんが、なぜ一緒《いっしょ》にお茶会へ？

アイリの疑問交じりの視線を受けたヴェローニカが眉《まゆ》を持ち上げる。

「あら、ユリアン様。アイリ様とはお知り合いでいらしたの？」

「うん。ちょっとした縁があってね」

「まあ、そうですの。わたくしたちと一緒ですのね」

含《ふく》みのあるほほえみを浮《う》かべたヴェローニカは、エスコートする男のひじを意味ありげに撫《な》でさする。

「父の仕事の関係で、ユリアン様とはたまにお茶会でご一緒しますのよ。これもご縁ですわよね。わたくしとも仲良くしてくださいませ、アイリ様」

「はい。よろしくお願いします」

笑顔を返すアイリ。ヴェローニカが背を向けて歩き出せば、後をカルガモの親子のようについて歩く取り巻き然とした令嬢たちが、くすくすと小さな笑いと共にささやきあう。

「やだぁ、相変わらず小間使いみたいなことがお好きのようだわぁ」

「私、お茶会で見たことある。妹のレディ・クリスティーナの付《つ》き添《そ》いで来ていたのよ」

「お給仕《きゅうじ》姿がお似合いなわけね！　あたくし、とても真似《まね》できなぁい」

聞こえるか聞こえないかの声でのやりとりは、しかしアイリの耳にばっちり届いていた。

貴族令嬢らしい行儀《ぎょうぎ》のよさで聞こえないふりをするも。

「……性格悪いですわね」

隣《となり》のエーファが笑顔を崩《くず》すことなく、ぼそ、とつぶやく。その目は笑っておらず、殺気さえ放っていて――アイリに対して少しばかり過保護な侍女の剣呑《けんのん》っぷりにおろおろしていると。

「楽しそうだね、なんの話？」

令嬢たちのおしゃべりに、ユリアンが割って入った。

まるで王子のようにスマートな立ち居振る舞いの美男子に甘い声で話しかけられ、取り巻き令嬢は、きゃあっと声のトーンを高くする。

「ユリアン様は、ご存じありませんわよね。そちらにおいでの陛下の婚約者様は、元々ベルンシュタイン家から、侍女と変わりない扱《あつか》いを受けていましたのよ」

「本当にお気の毒でしたわぁ。時代遅れのみすぼらしいドレスを着ていらして」

「ベルンシュタインの使用人だとばかり」

やはり、周りに届くか届かないかの音量でささやきあう令嬢たち。

悪口なのか出世をうらやんでいるのか、よくわからない口さがなさであるが、本人の目の前でするあたり彼女たちに悪気はないのだろう。

当のアイリはといえば、腹を立てるよりも遠い目をしていた。

——懐《なつ》かしいわ……。

社交に付き添っていたときに、よくクリスティーナに向けて、こんな風に絶妙《ぜつみょう》に聞こえるか聞こえないかの悪口が向けられていた。妹は言われっぱなしで済ます気性《きしょう》ではないので、やり返しもしていたけれど。

アイリが内心でちょっとだけクリスティーナを尊敬していると、先を歩いていたヴェローニカ嬢《じょう》がドレスの裾《すそ》をひるがえして取り巻きたちを振り向《む》いた。

「まあまあ、みなさん！　はしたないおしゃべりをなさって！」

静粛《せいしゅく》に、とでも言うように、優雅《ゆうが》に広げた扇《おうぎ》を上から下におろしてみせる。

「陛下の婚約者様に興味がおありなのはわかりますけど、そんなことで王家の格が落ちるなんて言っては、無礼がすぎましてよ」

やんわりとたしなめるようであるが、その実、誰《だれ》よりも辛辣《しんらつ》である。気づいているのかいないのか、取り巻き令嬢たちは心外そうに声を上げた。

「まあ、あたくしたちはそんなつもりは」

「ええ、とんでもありませんわぁ！」

するとヴェローニカは、あたかも鷹揚《おうよう》にうなずいてみせる。

「わかりましてよ、みなさん。ルプス国の未来を憂《うれ》うわたくしどもとしては、少しばかり心配なだけですのよねぇ」

すると、令嬢たちは顔を見合わせ、うなずきあう。

ねー！

「………茶番ですわぁ」

再びぼそっ、とこぼしながらもエーファはにっこり笑顔を崩さずに、ずかずかと取り巻き令嬢たちの中に割って入っていった。

「ご歓談中、失礼いたしますわ！　みなさまぁ、本日はお茶会ですのよ。おしゃべりもよろしいですが、アイリ様お手製のお菓子をどうぞお召《め》し上がりくださいませ！」

すると、取り巻き軍団はそろって露骨《ろこつ》に眉をひそめてみせる。

「やだぁ、陛下の婚約者様ってぇ、わたくしたちを太らせたいんですの〜？」

「ええー、あたしダイエット中なのにぃ、ひっどーい！」

「ご自分がスレンダーだからって……嫌味《いやみ》ったらしいったらないわぁ」

ぶーぶーと文句を垂《た》れ流し、ひがみっぽいまなざしを向けられるアイリであるが、彼女らの言い分には既視感《きしかん》がある。

クリスティーナだ。わがままで奔放《ほんぽう》なあの妹に、お菓子の試作を出してやったら——。

『ひっどーい！　お姉さまったら、こんなの食べたらあたくし太っちゃうってわかりませんの⁉』

などと不満げだった。しかし文句を垂れる割に、毎度毎度、きっちり完食していたのを思い出して、アイリは苦笑《くしょう》する。

すると、取り巻き軍団が一斉《いっせい》に騒《さわ》ぎ出した。

「んまあ！　何がおかしいんですの？」

「私たちの悩《なや》みを笑うなんて！」

「いいえ、おかしいだなんてとんでもない。みなさんと同じようにコルセットをつける身としては、そのお気持ち、よくわかります」

穏《おだ》やかにそう返したアイリは、エーファに目顔で合図した。

「だからこそ、今日はみなさんにふさわしいお菓子をご用意できてよかったと思っていたんです」

　すると、次々に皿を手にした侍女が現れて、新たな菓子を運んできた。アイリは令嬢たちに向かって、手で指し示しながら説明する。

「右から、レモンケーキ、ベリーケーキ、チェリーケーキ——これらすべて、ダイエットフルーツケーキです」

「だ、ダイエット、ケーキ？」

　ぺこりと辞儀《じぎ》をしたエーファが後を引き取った。

「これらは、アイリ様が独自に編み出されたという、低脂肪《しぼう》、お砂糖控《ひか》えめのケーキですのよ。濃厚《のうこう》なお味でいて後味サッパリといただける、夢のようなお菓子です。逆に三倍くらい食べてしまいそう、という、ある意味では悪魔《あくま》のようなお菓子なのですわ」

　悪魔のような、云々《うんぬん》は置いておいて、エーファの紹介《しょうかい》する通り、アイリは独自に研究を重ねて苦労しながらも、妹の求める菓子にたどりついたのだった。

　遠巻きに見ていた令嬢たちはしらばっくれるようにケーキから視線を逸《そ》らすも、強く興味が惹《ひ》かれているのはバレバレだ。

　エーファはさらに畳《たた》みかけた。

「わたくしどもでも試食させていただきましたが、お味もさることながら、なんと、次の日にはわたくしどものお肌《はだ》はトゥルットゥルになりましたのよ」

「トゥルットゥ……なんですって？」

「アイリ様がおっしゃるには、レモンに入っている栄養素がお肌に大変よろしいということで。このレモンケーキを頂戴《ちょうだい》した十人中十人が翌日、みずみずしく輝くトゥルットゥルのお肌になりましたわぁ」

するとと取り巻きのひとりが鼻で笑って言い返す。

「嘘《うそ》をおっしゃい！　わたくしだってレモンくらいいただいたことは何度もありますけど、いくら栄養があったとしても、たった一日でそこまで効果が出るはずが」

「ところが出ますのよ、この月の聖女たるアイリ様の作ったレモンケーキなら！」

菓子を手にした侍女たちは一斉に深くうなずいた。みな、トゥルットゥル実体験済みなのだ。

取り巻きたちはざわつく。

ちらちらとヴェローニカの顔色をうかがいながらも、ダイエットケーキが気になって気になって仕方がない様子である。

「あらあら、みなさーん、召し上がりませんのぉ？　残念、これらは早い者勝ち。限られた数しかご用意していませんのに。では、あちらにいらっしゃるお客様にお持ちしましょうか。さあ、行きますわよ」

侍女たちを引き連れて、エーファが向こうで歓談するご婦人方へダイエットケーキを持っていこうとすると。

「ま、まま、待ってちょうだいっ！」

「あたくし、い、いただきます！」

「あなたがた、ずるくてよ！　わたしもいただくわぁ！」

取り巻きたちは、ダイエットケーキにわっと殺到《さっとう》した。

「お肌にいいハーブティーもご用意していますから。みなさん、ゆっくり召し上がってくださいね」

アイリが勧《すす》めれば、ヴェローニカの取り巻きだったはずの令嬢たちは、たちまち行儀よくテーブルについてティータイムを楽しみ始める。

たったひとり、取り残されたヴェローニカ。

楚々《そそ》としていたすまし顔は、憎々《にくにく》し気にゆがんでいて——アイリの視線に気づいた伯爵令嬢は、慌《あわ》てて元のすました顔をとりつくろうと、おほほ、と笑った。

「と、ともかく！　陛下は聡明《そうめい》な王様でいらっしゃるもの。まさか、間違《まちが》うようなことはなさいませんわ。わたくしたちは信じていればいいのです。ですわよね、陛下？」

媚態《びたい》を混ぜた令嬢の呼びかけに気づけば、アイリの傍《かたわ》らにはギルハルトが立っていた。

ギルハルトは、お菓子に夢中の令嬢たちに目を向け、アイリに視線を戻《もど》すと、「やるじゃないか」とでも言うように口角を笑わせる。

──もしかして、ここまでのやりとり、見ていらした？

目顔でうなずいたギルハルトは、ヴェローニカへと視線を移した。

肖像画《しょうぞう》のモデルでもしているかのような、完璧《かんぺき》なほほえみをギルハルトに返したマルテンシュタイン伯爵令嬢は、ユリアン・イェルクを振り返る。

「ねえ、ユリアン様？　色々な場所に赴《おもむ》かれるユリアン様なら、貴族の集まりで、色々と耳に入れてらしたんじゃありません？　アイリ・ベルンシュタイン様は、王妃《おうひ》にふさわしいのか心配だっていうご意見を」

ユリアンが答えるよりも早く、ギルハルトが静かに言った。

「レディ・ヴェローニカ。近侍《きんじ》が場を整えている。少しふたりで話ができないだろうか」

「まあ！　陛下とわたくしが、ふたりきりで？　光栄ですわ」

サイラスが場を整えている東屋《あずまや》の方へと向かっていく、麗《うるわ》しの王と伯爵令嬢。

その絵になるうしろ姿を見送るアイリは、無意識に胸の前に両手を組む。その手にぎゅっと力がこもるのも、無意識なのだった。

サイラスが用意した茶を前にして、ふたりきりになったギルハルトとヴェローニカはテーブルをはさみ、差し向かう。

――マルテンシュタイン伯爵令嬢、ヴェローニカ。

『ルプス国の未来を憂えている』

そう言ったこの令嬢の父親は、父王の代に国費を使い込んだ貴族一派のひとりである。サイラスの調べと、先ほどのアイリへの見るに堪《た》えない非礼から見るに、父伯爵のかつての行いを恥《は》じての発言でないことは火を見るより明らかだ。

茶に手をつけることなく、ギルハルトは切り出した。

「レディには、余《よ》の婚約者について物申したいことがあるようだ。ぜひとも、今ここで余に聞かせてはくれないか」

『うちの嫁《よめ》の陰口《かげぐち》叩《たた》いてんじゃねえぞ』という言外《げんがい》の牽制《けんせい》に、気づいているのかいないのか、ヴェローニカはいかにも心外だと言いたげな、驚《おどろ》いた顔をしてみせた。

「んまあ、とんでもありませんわ、物申したいだなんて！　恐《おそ》れながらわたくし、ただ、憂慮《ゆうりょ》をしていましたの。社交界で、さかんに噂されていたものですから」

伯爵令嬢は、あくまで周りから聞いた話だと念押ししたうえで、申し訳なさそうに眉をひそめながら続けた。

「アイリ・ベルンシュタイン様は菓子をせっせと作って使用人に配り歩いている、と。それを『貧乏《びんぼう》くさい人気取り』、『とてもじゃないが王妃がやることではない』と触《ふ》れ回っている者がいるんですって。もちろん、このわたくしはそんな恐れ多いこと考えもしませんわ。ですが、こんな話が市井《しせい》にまで広がれば、王家の沽券《こけん》に関わるんじゃありませんこと？」

　ギルハルトは眉一つ動かさずに、話を聞いていた。

　ヴェローニカは、ほほえみを浮かべて言う。

「差し出口と承知して申し上げますが……このヴェローニカ・マルテンシュタインであれば、決して陛下に恥《はじ》をかかせることはいたしません」

「ほう」

「陛下はご存じでしょうか。こんなことを申し上げたくないんですが、アイリ・ベルンシュタイン様の妹——本来の、陛下の婚約者だったクリスティーナ・ベルンシュタイン様は社交界での評判はあまりいいとは言えませんでしたのよ」

　長いまつげを伏《ふ》せ、遺憾《いかん》だ、とばかりに首を小さく横に振れば、美しくカールされたヴェローニカの髪《かみ》がふわふわと肩《かた》に揺《ゆ》れる。

　普通《ふつう》の男ならば、この憂い顔にぐらっときてもおかしくないだろうが、ギルハルトの不《ふ》機嫌《きげん》は最高潮に達していた。

　田舎《いなか》に島流しにしたはずの、あの懲《こ》りないアイリの妹はサイラスの調べによれば、やれ弟《おとうと》の後見人としてだの、所領統治に必要な書類作成のためだのと理由をつけては王都を訪《おとず》れているという。

——やはり足に鉄球をくくりつけてやればよかったんだ……。

そんなことを忌々《いまいま》しく考えているなどおくびにも出さず、ギルハルトは話の続きを促《うなが》した。

「それで？」

「はい。ベルンシュタイン伯《はく》の先代が亡《な》くなられて、『ベルンシュタインは終わった』とうちの父が憂慮しておりましたの。こんなこと申し上げたくはないのですが、クリスティーナ様同様、代替《だいが》わり後の評判は芳《かんば》しくありませんでしたから。このわたくしはベルンシュタインと同等に、月の聖女の血を引く家系ですので、とても他人事《ひとごと》とは思えません」

ヴェローニカが閉じた扇をさっと振るえば、はるか遠くからたたっと駆《か》け込んでくるマルテンシュタイン伯爵家の従者の姿がある。息を切らせながらその従者は、何やら巻紙を広げて見せた。それはどうやら、家系図のようだが。

「ご覧になって、陛下。ここから、ここ、いかがです？」

その家系図に記された自分の名前を扇の先で指し示して、彼女は主張する。自分は、アイリやクリスティーナと同程度の月の聖女の血の濃《こ》さであると。

「ですから、わたくし、いつ王妃候補としてお話が来てもいいように、令嬢教育を受けてきましたの。いついかなるときも陛下をお救いできるようにと。誉《ほま》れ高いルプス国の貴族として、当然の務めですので」

なるほど、とギルハルトは合点《がてん》する。

——どうりで、先日の舞踏会《ぶとうかい》ではグレル侯《こう》についてきていなかったわけだ……。

グレル侯爵《こうしゃく》は、月の聖女を王妃に据《す》えるのに反対していた筆頭だった。

先王に近づくため、高位貴族のグレル侯爵に取り入り利用しながらも、マルテンシュタイン伯爵は月の聖女の血を引いている自分の娘《むすめ》を妃《きさき》にする野心を抱《いだ》き続けていた。

二枚舌を操《あやつ》る父の傍らで、娘のヴェローニカは、王の婚約者であったクリスティーナが下手《へた》を打ち婚約破棄《はき》になるのを虎視眈々《こしたんたん》と狙《ねら》っていた、というわけか。

——親子ともども、抜《ぬ》け目のないことだ……。

内心で呆《あき》れるギルハルトを他所《よそ》に、王家に入るのにふさわしい振る舞いを学んだというヴェローニカはつつましやかに目を伏せながら言った。

「父ともども、わたくしにも貴族同士のつながりがありますわ。きっと陛下のお役に立つでしょう」

——おまえの親父《おやじ》のオトモダチの貴族連中どもが先王に群がったせいで、どれだけ財政を戻すのに苦労したと思ってやがる……。というか、『つながり』っていうのは、さっきアイリを嘲笑《あざわら》った連中も含まれるのか？

内心で頭を抱《かか》えながらも耐《た》えたギルハルトは、ようやく演説を終えたヴェローニカが冷めた紅茶に口をつけたタイミングで、簡潔に言った。

「俺にはアイリがいる。他に妃候補は必要ない」

しん、と沈黙《ちんもく》が落ちる。

まさか、自分がソデにされると思っていなかったのか、ほんの一瞬《いっしゅん》びっくりした顔をしたヴェローニカはかぶりを振った。

「わたくしは、いいのです。たとえわたくしの努力が無駄《むだ》になったとしても。我が伯爵家は、長年にわたり、身も心も王家のために、陛下のためにと捧《ささ》げてきたのですから」

いよいよ頭痛がしてきたギルハルトは、きらりと彼女の目じりに浮かぶ涙《なみだ》はウソ泣きであると見抜いていた。宮廷でどれだけ海千山千《うみせんやません》のキツネどもを相手にしてきたと思っているのだ。

これ以上、茶番に付き合うつもりはない。

「レディが何を言いたいのかわかりかねるが、余は、余の妃を侮辱《ぶじょく》する者は誰であっても許すつもりはない」

今言ったことは聞かなかったことにしてやる、これ以上がたがた言うつもりなら覚悟《かくご》しやがれ、と言外に宣言するが、ヴェローニカはきょとんとしている。

王と、その正式な婚約者に対してどれだけの無礼を働いているのか、本気でわかっていない——むしろ、その反対だった。

「と、とんでもありませんわぁ！　まさか侮辱だなんて……！　よーくお考えになって？

お菓子を作るのは王妃の仕事ですか？　いいえ、菓子職人の仕事でしょう。陛下は、諫言《かんげん》にも耳を傾《かたむ》ける賢明《けんめい》な王であると巷間《こうかん》に広まっています。きっと聞き届けてくださる、とわたくしは思いましたの。ただ、それだけなのです……」

うるうると瞳《ひとみ》に涙をためて、訴《うった》えてくるヴェローニカ。

ギルハルトはこめかみが引きつりそうになるのを王の威厳《いげん》の中に押しとどめた。

目の前のこの女は、心の底から正論を吐《は》き、ギルハルトを正しい行《おこな》いへと導いているつもりなのだ。

いかにも献身《けんしん》的な女のはかなげなほほえみを浮かべた令嬢は、ギルハルトの方へと身を乗り出し――。

「大丈夫《だいじょうぶ》。今ならまだ間に合います。わたくしは、アイリ・ベルンシュタインは王妃にふさわしいのか？　と疑問を呈《てい》しているだけ。どうか正しいご判断を」

ギルハルトへと体を寄せて、ヴェローニカが言った。

まるで親密な間柄《あいだがら》のような距離《きょり》で会話を交わすふたりの姿。それを目撃《もくげき》してしまったアイリは、お代わりの茶が載《の》った盆《ぼん》を手に踵《きびす》を返していた。速足でその場を離《はな》れる。

――盗《ぬす》み聞きはいけないから……。

ヴェローニカ・マルテンシュタイン――かの令嬢はすす払《はら》いなんてしたことのないたおやかな手をしていた。

当たり前のことだ。

王の婚約者として、王宮に滞在《たいざい》し始めたアイリとて、エーファをはじめとした侍女のみなさんにスキンケアやヘアケアなんかのみだしなみを念入りに整えてもらっている。

だから、自分の容姿に自信を持たないと、彼女たちに対して立つ瀬《せ》がない。しかし、あの伯爵令嬢の磨《みが》き上げられた容姿と立ち居振る舞いは、一朝一夕《いっちょういっせき》で身につくものではないのだ。

アイリは、ギルハルトにふさわしい婚約者になるために、彼の傍《そば》にいるために、日々できることをやってきた。それでも、それは自分のできる範囲《はんい》である。

王が王でいるためには、臣民《しんみん》に広く認められなければならない。

地味で見栄《みば》えがしないと叔父《おじ》から言われ続けてきたアイリは、その通りであると疑問も抱かず生きてきた。まさか王の婚約者になるなんて夢にも思わなかったのだ。

過去は変えようがない。

きちんと教育を受けてきたわけではなく、妹の傍で淑女《しゅくじょ》教育を見よう見まねで覚えただけの自分よりも、正規の教育を受けてきたあの華《はな》やかで麗しい令嬢の方が王妃にふさわしい、と言われれば——。

——身代わり婚約者だった私が、ただの運で王宮《ここ》にいることに、何を言われても仕方ないけど……もしも、私のせいでギルハルトに恥をかかせていたら？

王の結婚《けっこん》は、好き、という感情だけでは成り立たないのだ。

精一杯《せいいっぱい》の努力だけではない、大きな覚悟もまた必要になるだろう。ギルハルトが、王として臣民を導くために必要だと言うならばあるいは……。

深く物思いに沈《しず》みながら歩みを進めていると。

「おっと！」

不意にぶつかりそうになった相手は、アイリの手にする茶の載った盆を器用に支え、倒《たお》れそうになっていたアイリの腕《うで》まで支えてくれていた。その人物は——。

「ユリアンさん!?　あ、す、すみませんっ！」

ユリアン・イエルクは、盆をアイリから受け取り、脇《わき》のテーブルに置きながら言う。

「大丈夫？　その素敵《すてき》なドレスに、お茶がこぼれてなければいいけど」

「はい、大丈夫です。ありがとうございます」

「うん。転ばなくてよかった——って、どうしたの？　婚約者ちゃん——じゃなくて、アイリちゃんって呼んじゃうね。アイリちゃん？　なんだか顔色がよくないみたいだけど」

「そ、そう、ですか？」

笑顔をとりつくろえば、ユリアンは緑色の瞳をぱちぱち瞬《またた》かせる。

「お菓子作りをがんばったから、疲《つか》れてるのかな？　あ、昨日もらったお菓子もおいしかったけど、今日、出されているお菓子もどれもとってもおいしくって。あれって、本当にアイリちゃんが作ったの？」

「は、はい……恐れ入ります……」

菓子を作るのは王妃の仕事ではない、と言われたばかりである。盗み聞きの罪悪感とは別に、さらに胸が痛いアイリに対して、ユリアンは言った。

「そっか。ちゃんと本人が作っているんだね。貴族間では慣習だから疑問に思うのはおかしいって空気があるけど、僕は前々から、なんだか気持ち悪いなって思ってたんだよ。貴族のご令嬢が、自分で作ったんじゃないのに、建前上、自分で『作ったこと』にするっていう独特の、あの『言わなくてもわかるだろ』ってカンジがさ」

そして、ユリアンはにこっと笑ってみせる。

「母を思い出すからかな。僕のお母さん、アイリちゃんみたいにお菓子作りがとっても上手でね。子どもの頃、よく食べさせてもらったんだよ。正直で飾らない人だった」

たしかユリアンの母親は、騎士《きし》階級の家の娘であったはずだ。そして、病でかなり前に亡くなったと聞いている。

「ユリアンさん……」

自分が生まれたときに母を亡くしているアイリは、いたわりを込めて彼の名を呼ぶことしかできない。そのいたわりに応えるように、ユリアンは笑みを深めてみせる。

「アイリちゃん。昨日は失礼なことを言ってごめんね。もう一度謝りたくって、キミを探していたんだよ。怒《おこ》っているかい？」

「怒ってなんていません」

ただ、ふがいない。

ギルハルトの隣に立つのにふさわしくない自分が。

「え……アイリちゃん、もしかして落ち込んでるの？　うわわ、どうしよう！　すみません、許してください！　ああ、何かお詫《わ》びできればいいんだけど……あ——そうだ」

ユリアンはアイリを手招いた。素直《すなお》についていけば、彼は椅子《いす》の脇にもたせかけていたリュートを取り上げて、それをつまびく。

指が軽《かろ》やかに弦《げん》をかき鳴らせば、心が明るくなるような、華やかなリズムが奏《かな》でられ、やがてそれは転調し、力強く歯切れのいい曲調になる。

——この曲、どこかで聴《き》いたような……？

なんだったかしら、と考えるアイリにユリアンは教える。

「この曲は、『遠吠《とおぼ》えの恋歌《こいうた》』だよ」

「あ、それです、知っています。たしか、建国祭で歌われる歌でしたよね？」

近頃忙殺《ちかごろぼうさつ》されてすっかり忘れていたが。

「それそれ、今夜から街でお祭りが始まるでしょ」

お祭り、というのはルプス国の建国記念日のことである。毎年開かれる建国記念のお祭りは盛大で数日にわたって開催されるのだ。

「特に、今年は王の婚約記念で開催期間が長いんだ。ここにいる人たちにもいるだろうけど、今回、王都に来たのは、このお祭り見物も目当てだったりするんだよね」

つぶやいたユリアンが、リュートを奏でて歌い出せば、なんとも艶《つや》のある美声が、王宮庭園に響《ひび》き渡《わた》った。

『遠吠えの恋歌』という楽曲は、これから恋人《こいびと》になったり、結婚しようというふたりが共に歌うデュエットソングだ。

狼《おおかみ》のつがいは一生パートナーを替えないと言われており、その愛を貫《つらぬ》く姿にあやかり、人前で一緒に歌いあって心を確かめあうのがならわしとなっている。

ルプスの建国祭では大きなステージが組まれ、そこで募《つの》った恋人たちが歌を披露《ひろう》する、というのが一大名物イベントなのだ。歌いあったふたりは、末永く共にいられると王都民の間で伝統という名のいわゆる都市伝説となっている。

「この歌、アイリちゃんは歌える？」

「いいえ。お祭りで何度も流れていたので、曲は知っているんですが……細かい歌詞まではよく知らないんです」

　アイリは建国祭に参加者として見物に行ったことは一度もない。

　家の仕事としての買い物がてら、大通りの祭りの賑わいを横目にしたことがあり、そこでさかんに歌われていたので曲だけは覚えていたけれど、それだけだ。

「じゃあ、教えてあげるよ。それで、昨日の失礼を許してほしい」

「失礼だなんて、本当に気にしてませんから」

「まあまあ、いいからいいから！」

　強引《ごういん》にアイリを椅子に座らせると、ユリアンはその向かいに座り、いたずらっぽく片目をつむってみせる。

「大好きな人と歌ってみたいって思わない？」


　一方、ヴェローニカ嬢に詰《つ》め寄《よ》られたギルハルトは、静かに激怒《げきど》していた。

　冷ややかな笑みを漏《も》らし、言った。

「先日、捕縛《ほばく》したグレル侯は先王に仕えていた折に、先王に甘言《かんげん》を弄《ろう》しておもねった末、国費を盛大に使い込んだ。おまえの父親もその一派に属していたのを知っているか？　一派の奢侈《しゃし》によって傾いた財政を立て直すのにどれだけの労力を要したかがわかるか？　民から集めた税をどれだけ無駄にしたか理解しているのか？　余はそれを断じて許す気はない」

もはや、回りくどく言葉遊びをするつもりはなかった。

しかし、ヴェローニカは動揺《どうよう》を見せることなく、悠然《ゆうぜん》として返す。

「まあ、おもねるだなんて！　陛下は誤解なさっておいでです。わたくしの父は、いつだって王家のために最善を尽くしていますわ。甘言、だなんてあんまりな物言いで、とっても悲しい……先王陛下をお慰《なぐさ》めするために仕方のなかったことだったのでしょうに。そして、陛下？　あなた様にも、お慰めが必要だったはず。だからこそ、あなた様はアイリ・ベルンシュタインみたいな女をお選びになったのですわよね？」

何もかも承知しています、というようにヴェローニカは笑顔に慈愛《じあい》を混ぜて言う。

「なんてお気の毒な陛下。お若い身で王位を継《つ》ぐという大変なプレッシャーを背負い、おつらかったのですね……それで、お気持ちが荒《あ》れたせいで『暴君』だなんて宮廷内で噂されるなんて。本当におかわいそう……ええ、わかりますわ。わたくしの周りのみなさんがおっしゃる『みすぼらしい女』などに惹かれてしまうのも」

ヴェローニカはギルハルトの手を強引に取ると、うんうん、とうなずき涙を浮かべた。

「身分の低い女性を愛妾《あいしょう》にした先王陛下もお心に障《さわ》りがあったのでしょう。本当にお気の毒ですわ。そして……本当におかわいそうなのは、正妃殿下《せいひでんか》ですわ。身分の卑《いや》しい女に愛を奪《うば》われて。亡き者にしようと思われてしまうのも無理からぬこと……」

ここまで表向きの平静を保ってきたギルハルトは、顔色を変えた。

——なぜ、それを知っている……？

闇《やみ》に葬《ほうむ》られたはずの事件。かつて、ギルハルトの母親が側室に——ユリアンの母親に対して暗殺者を放った。

幸いにも暗殺は未遂《みすい》で済んだことで、もみ消しに成功した、という顛末《てんまつ》をギルハルトは聞いている。内内で処理され、外部に漏れることはなかったはずで、少なくとも、一介《いっかい》の貴族令嬢の耳に入る情報ではない。

——ユリアン・イエルクか？

側室暗殺未遂事件は、ギルハルトの父と母の仲に決定的な亀裂《きれつ》が入ったできごとだった。これをきっかけに、如才《じょさい》なくまつりごとをこなし、遊びはそこそこであった父王の享楽《きょうらく》のタガが外れた。

法外な国費を使い込むまで金遣《かねづか》いが荒《あら》くなるほどに。

「でも、あなた様は違《ちが》いますわ。銀狼《ぎんろう》陛下と呼ばれる、聡明なあなた様には、どの選択《せんたく》が正しいかわかるはず。きっと、このわたくしがお支えし、慰めて差し上げますから……」

甘ったるいささやきと共に、ギルハルトの頬《ほお》に伸《の》びてきたヴェローニカの手をそっと払いのける。強くはたき落とさないよう、精一杯の自制をして。

「ずいぶんとお勉強してきたみたいだな」

腹のうちに抑《おさ》え込んだ怒気《どき》が、どうやらわずかに漏れ出たらしい。ほんの一瞬、瞳にひるむ色が見えたヴェローニカは、しかし余裕《よゆう》ぶった態度を崩さず、なおも言う。

「ええ。もちろんお勉強はしています。あなた様の妃になるためでしたら、どんなことでも」

公務の真っ最中、貴族令嬢を相手にしてこちらが騒ぎを起こすはずがないと高をくくっているのだ。

何不自由なく、大切に育てられてきた貴族令嬢。

まったくもって、喜ばしい。

不自由なんて、ろくでもないからだ。

そしてギルハルトは知っている。自分の益のためならば他者にどれだけの不自由を強《し》いてもまるで頓着《とんちゃく》しない人間が、例外なく、ろくでもないということを。

「間違いを犯《おか》すな、か。俺の父のように、『みすぼらしい女』を選ぶべきじゃないと？　俺の母のように、嫉妬《しっと》に駆られて暗殺者をけしかけ、その息子《むすこ》らから恨《うら》みを買うような愚《おろ》かな真似はするな、と？」

「まあ、わたくしはそんな――」

めっそうもない、と目を見開いてみせる女へと、ギルハルトは笑みを返した。凶悪《きょうあく》に。

「俺の半年にわたる『暴君』状態を、単なるストレスによる錯乱《さくらん》だとでも本気で信じているのなら、おまえもおまえの父親もずいぶんめでたい頭だな」

王侯《おうこう》らしからぬ暴言に絶句するヴェローニカ。

ギルハルトは近侍を呼んだ。

「サイラス！　レディ・ヴェローニカが帰るそうだ。見送りをつけてやってくれ」

いつの間にか傍に控えていたサイラスが案内しようとするが、彼女はそれを無視してギルハルトに向かって言う。

「よろしいんですの、我らマルテンシュタインを愚弄《ぐろう》なさって！　『単なるストレスによる錯乱』でないのなら、このわたくしが必要になるということですわよね？　月の聖女の血を引くこのわたくしが……！」

いびつにゆがんだ唇《くちびる》でされた、脅《おど》しのような文言は、しかし。

「いらん」

一瞬のためらいもなく一蹴《いっしゅう》した。

「何度も言わせるな。俺にはアイリという妻がいる。土産《みやげ》代わりに覚えて帰るがいい。何を言われようが、何があろうが、俺はあいつを手放すつもりはない」

「…………っ！」

笑顔を引きつらせながらも、伯爵令嬢は懲りずに言い放つ。

「手放す気はない、ですって？　アイリ・ベルンシュタインがあなた様を裏切ったとしても？　同じことが言えますでしょうか」

「何が言いたい」

「後悔《こうかい》なさらなければいいんですが、と。ご忠告申し上げているのです。それでは陛下、ごきげんよう！　また近いうちに、お会いしましょう」

肩を怒《いか》らせ身をひるがえして去っていくヴェローニカを一顧《いっこ》だにせず、ギルハルトは彼女とは別の方向に向かって歩き出した。

婚約者の姿を探すために。

音もなく後ろをついてくるサイラスに問う。

「どういうつもりだ、あの女」

公式の場でお披露目《ひろめ》した婚約者がいるというのに、自分を妃にしろと言い出すとは非常識にも限度があるだろう。

「というか、どうして、あの女は自信満々に自分が王妃に収まれると信じていやがる」

「それはおそらく、アイリ様だからでしょう」

「？　どういうことだ」

「妹君の身代わりであったはずのアイリ様が選ばれた、というのが影響《えいきょう》しているかと。

社交界でレディたちの噂の的ですよ。侍女扱いされていた娘が、王妃の階段を駆け上がる、まるでおとぎ話じみた夢物語だとね。何より、アイリ様は偉《えら》ぶりません。親しみやすいといいますか、そのせいで自分もイケるのでは、と夢を見させてしまうのかもしれませんね」

──わかるような、わからんような……それにしても、だ。

暴君状態だったギルハルトを、マルテンシュタイン伯爵とて宮廷で目《ま》の当たりにしているはずなのに、どうして自分の娘をけしかけることができるのか。

「なんでしたら、陛下が『暴君状態』である方がオトクくらいに思っているんじゃないでしょうか」

そもそもマルテンシュタイン伯爵は『暴君ギルハルト』を拘束《こうそく》し摂政《せっしょう》を敷《し》こう、という案に賛成していた。

仮に、ギルハルトが再び人狼《じんろう》の血に引きずられて正気を失えば？　グレル侯爵の余罪追《つい》及《きゅう》もうやむやになり、復権するだろう。

「そうすれば、マルテンシュタイン伯は娘を王妃にしたばかりではなくグレル侯に大恩を売ることができます」

一石二鳥どころの話ではない。

「王妃の父として、宮廷のすべてを牛耳《ぎゅうじ》ることも夢ではない……とでも思っているのか？　アホなのか？」

それが事実だとすれば、いよいよ頭痛がするほどのおめでたさだ。

――あの状態の俺が、やすやすと摂政を敷かせるばかりか、拘束などされるものか……。

人狼の血に感情こそ振り回されはするが、むしろ、征服《せいふく》欲や支配欲は平常時よりもはるかに強かったくらいなのだから。

戦乱の世であればともかく、国の平安を保つ世でそんな王が欲望のまま無駄に暴れまわれば臣民にとって迷惑《めいわく》この上ない。我がことながら半年間もそんな状態だった事実に、ゾッとする。

「父伯爵はともかくとして、あの女は人狼の血なんて信じていなかった」

ヴェローニカは暴君状態のギルハルトを目にしていない。

屈強《くっきょう》な騎士でさえ恐れるあの姿を見ても、同じように王妃の座を望むかどうか疑わしい。というか――。

――アイリは俺の暴君状態を目の当たりにしておいて、よくも見限らなかったもんだ。

改めてアイリの肝《きも》の太さと度量には、驚嘆《きょうたん》と共に、感服と感謝をせざるを得ない。

「サイラス。マルテンシュタイン伯とユリアン・イェルクの関係は」

ギルハルトの母が起こした側室暗殺未遂事件についてヴェローニカが知っていたことが気にかかる。

「まず、マルテンシュタイン伯は、この半年の間に、辺境騎士団に対して活動費という名目で多額の献金《けんきん》をしています」

半年の間――それは、ギルハルトが暴君状態だった期間と重なる。ギルハルトを拘束して、イェルク長兄《ちょうけい》を代王はおろか、王座に就《つ》けようという案まで挙がっていた期間だ。

「さらに、ここ一か月、ユリアン・イェルクが頻繁《ひんぱん》にマルテンシュタイン伯爵家に立ち寄っていたのが確認《かくにん》されています」

その一か月とは、ギルハルトがアイリと正式に婚約してからの期間だ。

「ヴェローニカが俺との婚約に逸《はや》っているのは……やはり、ユリアン・イェルクの入れ知《ち》恵《え》あってのことか……？」

――イェルク家と、マルテンシュタイン伯爵家は結託《けったく》している？

そこへ音も立てずに現れた侍従《じじゅう》のひとりがサイラスに耳打ちした。いつも通りの無表情の近侍長は、メガネのブリッジを押し上げ――。

「陛下」

いつものように抑揚《よくよう》のない声であったが、長い付き合いの男の短く呼ぶそれに、ギルハルトの胸が嫌《いや》な予感にざわつくのだった。

侍従の案内でギルハルトが庭園の西側へと歩みを進めれば、リュートの音と、男の歌声が聞こえてきた。

明るく軽快な旋律《せんりつ》の割に、歌詞はやけに甘ったるい、と思いながら、咲き誇る季節の花に囲まれた東屋に近づいていく。

そこには、歌に聴き入るアイリの姿があった。

彼女の向かいには、巧《たく》みな指さばきでリュートを奏で歌う男がいる。

――ユリアン・イェルク……！

アイリの座るベンチの背を止まり木代わりにしているのは、たしかユリアンが連れていた白いフクロウだ。ふっくりと丸い鳥は、アイリの作った菓子を彼女の手ずから食べて、すっかり懐いているように見受けられた。

東屋の下でくつろぐふたりの姿は、まるで仲睦《むつ》まじい男女のようで――。

腹の底、すさまじい嫉妬が突《つ》き上げたギルハルトはしかし、その感情のいっさいを自分の中に封《ふう》じ込めた。途端《とたん》に飛び立つフクロウ――アイリがそれに驚いて振り返る。

「え……陛下？」

ギルハルトは、ユリアンに視線を向ける。

銀狼王と呼ばれる男の鋭利《えいり》なまなざしに、しかし、ユリアンは動じる様子がない。演奏の手を止めることなく、おだやかに言った。

「やあ、ギルハルトくん。レディを悲しませてしまったから、そのお詫びをしているところなんだよ。邪魔《じゃま》をしないでもらえると助かるかな」

視線すらよこさず、異母弟《いぼてい》は目元を笑わせている。自分を嫌《きら》うこの男がギルハルトに投げかけてくるのは、言葉でも視線でも表情でも、不快を煽《あお》るもので。

――乗るな、いつもの挑発《ちょうはつ》だ。

「貴殿《きでん》が、我が妃を悲しませた？　いったい何をしてくれたのかを教えてもらおうか」

静かに問いかければ、アイリが慌てた様子で口をはさむ。

「あああ、あの、陛下、違うんですっ、ユリアンさんは、私に気を使ってくださって、ただ、歌を教えてもらっていただけでして」

「どうしてそんな言い訳するのさ」

ユリアンは、まるでアイリをかばうように言葉を重ねた。

「まさか、浮気《うわき》を疑われるって？　そんなわけないじゃない。ほら、そっちの侍女ちゃん連れてきて、わざわざ付き添ってもらっているのに。ねえ？」

水を向けられた、いつでもほがらかなはずのエーファが張り付けたような笑顔になっている。ユリアンは苦笑し、小さく首を振った。

「どうすれば信じてくれるだろう？　そうだ、ギルハルトくんにも『遠吠えの恋歌』を教えてあげようか。それとも有名な歌だから、もう知っているかい？　建国祭で長年歌われ続けてるからね。ギルハルトくんも一緒に歌おうよ」

——よりにもよって、この男に歌を教えられるだと？

怒《いか》りに熱くなっていたギルハルトの腹の底が急速に冷えていく。

「いらん。……余には歌など必要ない」

「そんなこと言わないで。歌は、いいものだよ」

「いいも悪いも、知ったことではない。王が歌う必要なんてないだろう」

切って捨てるように答えれば、どういうわけかアイリが身をこわばらせた。

不思議に思うギルハルトと、アイリとの顔を見比べたユリアンは、何が面白《おもしろ》いのか、ふっと笑った。

「ふーん、そっかぁ。残念。確かに庶民《しょみん》のお祭りの歌だもんねぇ。王サマには必要ないか。じゃ、僕はそろそろおいとましよっかな。お菓子ごちそうさま。たくさんお話しできて、楽しかったよ。また会おうね、アイリちゃん」

「アイリちゃん？」

「あ、ごめんごめん。『ちゃん』をつけるのはふたりきりのときだけにしようねって約束してたのに、うっかりしてたよ」

聞えよがしのユリアンの発言にアイリは慌てた様子で手を振った。

「ユリアンさん⁉ そんな約束してないですよっ⁉」

「困った顔もかわいいだろうと思ってたけど、やっぱりかわいいね」

表情を凍《こお》り付かせるギルハルトに対して、ユリアンは、ちろ、と視線を向けると、再びアイリに向けて言う。

「困ったことがあったら、いつでも言ってね。相談に乗るからさ」

ウインクを残して、身をひるがえせば、空を旋回《せんかい》していたフクロウが肩に戻ってきて、赤毛の異母弟は風のように王家の茶会を後にした。

『アイリちゃん』

馴《な》れ馴れしい呼び方が脳内をリフレインし、怒りのあまり意識が途切《とぎ》れそうになる。

――あれは単なる挑発だ。嫌がらせだ。顔を合わせるたびにあいつはいつも嫌味ったらしいだろうが……！

アイリは自分の正式な婚約者だ。

間違いなく、この自分の妃になるのだ。

彼女とてそれを承知している。決して揺らぐことはない。

わかっているのに心が騒ぐ。平常心を保つために全神経を集中していたギルハルトは――。

「あ、あの陛下」

呼び声に、ハッと我に返った。

努《つと》めておだやかに言葉を返せば、アイリは視線を伏せたまま、それでも、どこか覚悟を秘めたような声で言う。

「私は……陛下にふさわしい婚約者に、なりたいと思っています」

ギルハルトはきょとんとした。

ふさわしい？

「何を言っている」

本当に、何を言われているのかがわからなかった。

「ふさわしいも何も、おまえは俺の妃だろう。なりたいって——これ以上、どうなる必要があるっていうんだ」

「……え？」

まるで酸欠になった魚のように、口の開け閉めを繰《く》り返したアイリは何かを言いかける。しかし、結局声とはならず、彼女は少し悲しそうにほほえむと、頭を下げた。

「陛下の、おっしゃる通りですね。……私、お客様に、お茶のお代わりを手配しなければいけません、から、失礼します」

アイリの視線は、もうギルハルトに向けられることはない。そのまま速足に立ち去ってしまった。

「どうした、アイリ」

「？　お、おい、アイリ！」

待て、と止めようとするが、あっという間にその後ろ姿は茶会の招待客たちの中にまぎれ消えてしまった。

――3.●ご唱和ください、『レッツ☆ハッピー宮廷ライフ』！

盛況《せいきょう》のうちに茶会が終わり、王の執務室《しつむ》にて。

執務机につくギルハルトの前には、緊急《きんきゅう》で召集《しょうしゅう》した、アイリ付きの侍女頭《じじょがしら》と首席近侍《きんじ》長が立っている。

すぐにでもアイリに会って彼女から話を聞きたいとは思うが――その前に、すべきことがあった。

「どうなさいましたか、陛下。私はともかく、エーファまで呼び出して」

「ああ。おまえたちに聞きたいことがあってな」

エーファは役職柄《がら》、この城の中で誰《だれ》よりも長くアイリの近くに控《ひか》え、彼女の世話をしている。つまり、この城で最もアイリに詳《くわ》しい人物のはずだ。

「おまえたち、アイリから何か聞いてはいないか？　近頃《ちかごろ》、悩《なや》んでいるだとか」

ギルハルトの問いに、サイラスとエーファは顔を見合わせる。

「何か気になることがおありで？」

「いや、今日の茶会で、アイリはずいぶん尽力《じんりょく》してくれていただろう。ただでさえ、実家から慣れない環境《かんきょう》に移って、疲《つか》れてはいないかと思ってな」

遠回しに探《さぐ》りを入れるギルハルトに課せられた、何としてでも今日中に達成しなければならない『すべきこと』。それは——。

『陛下にふさわしい婚約者《こんやく》に、なりたいと思っています』

そう言ってうつむいたアイリの真意を探り出すことだ。

彼女本人に直接問いただしたいと急く心を押《せ》しとどめる。失敗は許されない。だからこそ、下準備が必要だった。外交に何よりも肝要《かんよう》なのは下準備なのだから。

「アイリ様のなさった努力が、陛下に伝わっていてようございましたわ」

感動したように胸の前に両手を組み合わせ、エーファが証言する。

「陛下がおっしゃる通り、アイリ様は本日のお茶会のために、本当にがんばられていました。それ以前から、アイリ様は、ご自分の楽しみよりも陛下のためになることをと、そればかりで……わたくしも心配していましたの。ご無理なさっているんじゃないかって」

サイラスは無感動にうなずいた。

「ええ。なんとか私ども近侍、侍女一同は一丸となってアイリ様に『ハッピー☆宮廷ライフ』をお送りいただきたいと望んでいるのですが。まだまだ道は険しいようで」

ハッピー☆宮廷ライフ。

なんだそれ。

唐突《とうとつ》に飛び出した言葉のとんちきさに、ギルハルトの脳が一瞬《いっしゅん》、理解を拒《こば》む。

「ハッピー、なんだと……？」

「『ハッピー☆宮廷ライフ』でございます」

大真面目に返される。

文句なしに有能で、かゆいところに手が届く仕事をしてくれる男であるのだが、残念なことに、この宮廷首席近侍長は昔から変人である。

変人と承知して傍《そば》に置いているのはギルハルトなので、たまに理解不能のおかしな言動が飛び出しても諦《あきら》めるしかない。いつなんどき、そのスイッチが入るかわからないので、身構えようもなく、胡乱《うろん》な目つきでやりすごす主君に対して、サイラスは淡々《たんたん》と説明した。

「誰がどう見ても、文句のつけようのない快適かつ安全、安心、そして、ちょっとした刺《し》激《げき》もおり混ぜつつ幸福な宮廷生活をお送りいただく。それが我々の提唱する『ハッピー☆宮廷ライフ』でございます」

「………そうか」

いちいち提唱する意義がよくはわからんが、ハッピーと銘打《めいう》っているくらいである。

「アイリを幸せにしようというのなら、まあ、反対する道理はないが」

ギルハルトとて、愛する婚約者には幸せに暮らしてほしいのだ。

コクコク

幼くして両親を亡《な》くし、義理の家族にこき使われてきたアイリを幸せにするというのなら、多少大げさでわかりやすい標語《ひょうご》でちょうどいいのかもしれない。

「恐《おそ》れながら、申し上げます。私たちはアイリ様にハッピー☆な毎日をお送りいただこうと日夜考え行動しておりました。しかし……陛下はいかがでしょう。アイリ様の幸福のために何をなさいましたか」

「俺か？　俺は——」

言われてみれば——ギルハルトはアイリが婚約者になってから、彼女のために何かをしただろうか。

「あー……アイリと過ごす時間を大事に、している、つもりだが」

その時間を待ちわびているのは、むしろギルハルトではあるけれど。

「大事に。具体的には」

「毎日、アイリと会話する時間を取ってだな」

「アイリ様と婚約なさってからというもの、陛下御《ご》自身は、ず——っと仕事にかまけておいでですよね」

「かまける、とはどういう言い草だ。王が王としての義務を果たして、何が悪い」

「お仕事をなさるのに文句をつけているわけではありません。私どもは、もっと周りをご覧になってくださいと申し上げているのです。今回、陛下が我らを呼び出し、『アイリ様にお悩みがあるのでは』とお尋《たず》ねになったのは、これまで、周りをご覧になるのを怠《おこた》った結果ではありませんか？　このところ、陛下は少しばかり、ご自分中心になっているのでは」

「っ、そ、それは――」

いちいち痛いところをついてくるが、さすがに反論する。

「周りを見ていないと言うが、仕事に集中していたのは、これまでの『暴君状態』を自省してのことだ。滞《とどこお》らせていた仕事を片づけるのは、王として当然の責任だろう」

「婚約したばかりのアイリ様をほっぽらかして、ですか」

「人聞きの悪いことを言うのはやめろ。俺がいつ、放っておいた」

「それは失礼を。てっきり、陛下のご都合を優先させているように、不肖《ふしょう》サイラスには見えておりましたので」

「馬鹿を言うな。アイリだって俺の仕事を応援《おうえん》してくれている。この間なんて、真夜中に執務室で残業していたら、焼き菓子《がし》と茶を差し入れてくれたのだぞ」

アイリは、あーん、で食べさせてくれたのだ。

ギルハルトのリクエストで。

思い出して幸せな記憶《きおく》に浸《ひた》りかけたギルハルトは、ん？　と思い至る。

手ずから菓子を食べさせてくれたのは、こちらの求めだ。アイリはいつでも文句ひとつ言わず付き合ってくれていて——『ふさわしくなりたい』と彼女の悲しそうな、思い詰《つ》めたような表情が脳裏《のうり》によみがえる。

「俺がアイリに甘えている、と言われれば確かにそうかもしれん。アイリは……俺に対して、何かをしてほしいとは言わない。だから、問題ないと思っていたんだが」

「アイリ様は、実のご両親がいらっしゃいません。ご実家で、養父のモラハラ、義理の家族からのわがままと使用人扱《あつか》いに対して、誰にも何も訴《うった》えることもできず、文句ひとつ言えずに乗《の》り越えてこられました」

ぐっ、とギルハルトは奥歯《おくば》を噛《か》みしめる。

サイラスはそんな主の顔色を確かめてから、話を続けた。

「しばらくお世話をしていてわかったことですが、アイリ様の幸せハードルは、その辺のちょっとした段差並みに激低設定されておいでです。余儀《よぎ》なくされてきた、というべきか。私どもは、その幸せハードルの底上げこそ、早急《さっきゅう》にすべき課題と判断いたしました。従者一同、一丸となるため『ハッピー☆宮廷ライフ』を提唱しているというわけでございます。ご賛同いただけましたら、ご唱和ください。さんはい」

賛同はともかく、唱和の号令を無視して、ギルハルトは真剣《しんけん》に問う。

「ユリアン・イェルクや、ヴェローニカについて、何か気づくことはなかったか。あのふたりと接触《せっしょく》してから、アイリの様子が少しばかりおかしいように思ったのだ」

顔を見合わせたサイラスとエーファは、なにやら、得心《とくしん》いったという顔をした。

「アイリ様は控えめな女性です。それに対して、ヴェローニカ嬢《じょう》は陛下に対してぐいぐい迫《せま》る肉食系。ぐいぐいなご様子をご覧になったアイリ様が、ご自分はおふたりの邪魔《じゃま》をしているのでは、とお考えになってもおかしくないのでは？」

「は？　邪魔？　アイリがか？」

サイラスの言うことに、一から十までわけがわからないギルハルトであるが、エーファは神妙《しんみょう》にうなずいてみせる。

「そうですわね。アイリ様は、王宮を訪《おとず》れた当初、あのぐいぐい来る妹さんの身代わり婚約者だから、と、ご自分の立場を気にして控えめにしていらしたくらいですから。そんな控えめなアイリ様が、陛下から身を引こうとしているとすれば——歌って踊《おど》れるイケメンが現れたっていうのは、最悪のタイミング。大事件かもしれませんわね」

ギルハルトの背に、嫌《いや》な汗《あせ》が伝う。というか——。

——踊れるのか、あの野郎《やろう》。

「ユリアン・イェルクはプロ並みに踊れますよ。調べはついています」

勝手にギルハルトの脳内を察知したサイラスはきらりとメガネを光らせ、どうでもいい情報を提供する。この状況《じょうきょう》を、無表情サイコパスメガネがふんわりおもしろがっているであろうことに憤《いきどお》る余裕《よゆう》も今はない。ギルハルトは頭の中で、アイリとユリアンが親し気に過ごしていた、庭園での様子を鮮明《せんめい》に再生してしまう。

仕事一辺倒《いっぺんとう》のつまらない男のもとで、つまらない男の求めに応じてきたアイリ。

そんなときに現れた、歌って踊れるチャラ男――。

業腹《ごうはら》で仕方のないことだが、人狼《じんろう》の血の影響《えいきょう》でいつ暴力的になるかわからない、オオカミ耳が飛び出るかもわからない、そのうち全身もふもふの体毛に覆《おお》われる可能性もゼロではない男の傍にいるよりも、あのチャラ男の方がいくぶんマシかもしれない。

ギルハルトの心の底の底には、人狼の血に振《ふ》り回され続けた半年の間、宮廷内の誰にも明かすことのできない、もどかしさや無力感から生成された卑屈《ひくつ》ポイントが人知れずたまっていた。それが高速でカンストしそうになるも――。

――いや、待て待て待て！

心のスタンプカードを投げ捨てる。

別に、誰かに言われたからだとか、国の安寧《あんねい》のためにアイリを手離《てばな》さないわけではない。

そんなものは二の次だ。

ギルハルト自身がアイリを欲《ほっ》している。しかし、アイリはいったい何を欲している？

――俺から、王であることを取ったら、何が残るっていうんだ⁉

なんとしてでも、何に代えても、チャラ男に負けるわけにはいかない。頭を抱《かか》えるギルハルトの様子に、ハッピー☆宮廷ライフの提唱者は、抑揚《よくよう》なく言った。

「差し出口だとは存じますが、陛下。心のときめきには、心のときめきで対抗《たいこう》すべきかと」

「ときめき……」

ほとんど呆然《ぼうぜん》としてつぶやくギルハルトを他所《よそ》に、エーファが目を輝《かがや》かせた。

「あら、素敵《すてき》！　恋《こい》のさや当て、というわけですわね！」

「こい……恋だと？」

「？　恐れながら、陛下はアイリ様に恋をなさっていませんの？」

エーファの素朴《そぼく》な疑問を受けて、ギルハルトは絶句した。

していない、だろう。間違《まちが》いなく。しかし、それを言葉に出してはいけないと潜在《せんざい》的に身構えている自分に気が付いてしまったのだ。

嫌悪《けんお》だとか、恐怖《きょうふ》だとかに限りなく近い。自分の両親から、恋愛《れんあい》ごとのごたごたで地獄《じごく》の煮凝《にこご》りの様相を見せつけられていたからだ。

「恋をするのは、恥《は》ずかしいことではありませんわ」

「しかし――」

――そもそも、王にはそんなもの必要ない。

むしろ邪魔でしかない、とまで考えそうになってハッとする。

『王が歌う必要なんてないだろう』

そうギルハルトが言ったとき、アイリは悲しそうな顔をしていた。

必要がない。

あたかも突《つ》き放《はな》す言葉が口をついて出た理由。

——俺は、まだ母の教えから抜《ぬ》け出していない、ということか……？

ギルハルトの母は、父から愛を欲しながら愛妾《あいしょう》の元から帰らない彼を侮蔑《ぶべつ》し、息子《むすこ》であるギルハルトを理想の王にしたがった。

恥ずかしくない王になりなさい、と母は常々ギルハルトに命じてきた。

彼女はギルハルトに対して、自分の心の瑕疵《かし》を埋《う》める役割を望み、その身勝手は息子のギルハルトに瑕疵を残して呪《のろ》いとして心に巣食い続けた。

アイリと出会ったことにより、呪い《それ》は解かれたはずだった。

そのつもりだったのだ。

——俺は、母の期待に応えられなければ、自分は許されないとまだ思い込んでいるというのか……。

宮廷において王として機能してさえいれば、ふさわしい王でさえいれば、誰からも糾《きゅう》弾《だん》されることはないと。

夫の愛を欲するあまり、それを与《あた》えられない苛立《いらだ》ちをギルハルトにぶつけ、夫の愛人を暗殺しようとした。その愛人の子をも激しく憎悪《ぞうお》していた母親——。

王妃《おうひ》であるからと、その勤めを果たすためだと、王子へのしつけであると自分を許してきた。ギルハルトに常軌《じょうき》を逸《いっ》した虐待《ぎゃくたい》を。この王宮で。

彼女はただ、父の愛を欲していただけなのに。

自分が愛妾よりも優《すぐ》れた存在だと証明したかったから、彼女の子らよりも優れた存在にギルハルトを仕立て上げたがっていただけなのに。

――あの母親《ひと》をどうこう言えたものではないな……。

そんなギルハルトに対して異母弟《ユリアン》が先王妃《ひ》の影《かげ》を見ているのなら、嫌がらせのひとつもしたくなるのも無理からぬこと。

相手に求めるだけでは駄目《だめ》なのだ。

それをギルハルトは身をもって知っている。

――たったひとりで王宮に上がったアイリにとって、俺こそが信頼《しんらい》に値《あたい》する男でいなければならないんだ……。

しかし、それにしてもだ。

「恋……？」

なんだそれは、の世界である。

目に見える形でどうこうしたいところだが、漠然《ばくぜん》として具体性に欠いている。

ギルハルトの途方《とほう》に暮れたようなつぶやきに対して、エーファはおだやかに言った。

「難しいことはありませんわ。恋とは、うきうきして、わくわくするものです」

「うきうき、わくわく……」

「王陛下として勤めをお果たしになるのは尊いですが、どうか今を楽しむことも忘れないでくださいませ。思い出は、何にも代えられない財産になりますから」

それは、なんとなくわかる。

ギルハルトの幼少期、両親との思い出に楽しいものはひとつたりともない。それがギルハルトの心を何度も虚《むな》しくさせてきた。

――アイリと恋。ということは、俺たちは婚約者以前に恋人同士ということか？

恋人同士がやること。

キスだのそれ以上に絡《から》む肉体的なんやらかんやらは冷静を欠くだけだとわかっているので、いったん脇《わき》に置いておく。

「あー………、デート？」

はじきだされた結論に、ビンゴ、みたいな顔をするエーファ。悪くない答えだったようだ。

「デートってやつは……男女でどこか出かけたりする、例のアレのことだよな？」

深層で恋愛ごとを忌避《きひ》していたギルハルトにとって、宇宙の神秘レベルで謎《なぞ》深い。

「そいつは楽しいのか？　一緒《いっしょ》にいるだけだろう。だったら別に、ティータイムにこの部屋で茶を飲んでいるだけでも同じではないのか……？」

疑問をつぶやけば、サイラスが無表情に言う。

「陛下、まさかとは思いますが、アイリ様をずっとこの王宮に閉じ込めておくおつもりで？」

「あらやだ、ヤンデレサイコホラーでして？　それはちょっと上級者向けすぎるような」

要領を得ないギルハルトに焦《じ》れているのか、アドバイザーたちの意見がふざけ交じりになってきた。無視しようとしたギルハルトであるが、次の瞬間《しゅんかん》、冗談《じょうだん》では済まないことに思い至った。

いつか仕事が一区切りついたら、アイリを避暑《ひしょ》地にでも連れて行こう、くらいにのんきにかまえていた。その愚《おろ》かさに愕然《がくぜん》とする。

以前、彼女に約束したのだ。

『どこにでも連れて行ってやる』と……！

馬に乗り夕焼けを眺《なが》めながらの、ふたりだけで交《か》わした誓《ちか》い。

実家にいた頃のアイリは、少ない自由時間に本を読むのを楽しみにしていたのだと教えてくれたことがある。

義理の家族に縛《しば》り付けられていた彼女は外の世界を見たがって、少しでも自分の知らない世界に触《ふ》れたがっていたのだ。なんということだ――。

――今度は、俺がアイリを王宮に縛り付けようとしていたのか……？

そんなときに、渡《わた》り鳥のような、歌って踊れる優男《やさおとこ》に手を取られ、『約束も守らないような駄犬《だけん》なんて放り捨てて、王宮《ここ》から飛び出そうぜ☆』――と、誘《さそ》われたら？

ただの妄想《もうそう》であるのに、嫉妬《しっと》に腹の底が焼かれそうになる。

絶対に許せるものではない――が、しかし、それはお門《かど》違いというものか。

約束を違《たが》え、信頼を裏切りつつあったのはギルハルトの方なのだから。

アイリは馬鹿ではない。

それどころか賢《かしこ》く、肝《きも》の据《す》わった勇敢《ゆうかん》な女だ。

本気で望み、どこかへ行こうと思い立てば、たとえひとりででも『どこにでも』行けるだろう。彼女には、それだけの心の強さと能力がある。

そもそもが『暴君陛下』との婚姻《こんいん》を嫌がった妹から、身代わりとして押し付けられた婚約だった。見捨てられても文句が言えない立場なのは、ギルハルトの方なのだ。

生まれてこの方、狼神《ろうしん》の再来とうたわれ、剣《けん》を取れば無双《むそう》の強さ、銀狼《ぎんろう》陛下とたたえられてきた男が、かつてないほどの決意を瞳《ひとみ》にみなぎらせて立ち上がった。

「行ってくる」

あたかも戦場に赴《おもむ》くかの如《ごと》く。

――必ずやアイリを、うきうきでわくわくの初デートへ、誘ってみせる……！

無表情の従者と、感涙《かんるい》にむせぶ侍女に拍手《はくしゅ》で見送られたギルハルトは、勇ましく歩を進めるのだった。

＊

すっかり夜が更《ふ》け、月明かりの差し込むアイリの部屋。

茶会のあと片づけを指揮し終え、従事してくれた侍従《じじゅう》や使用人をねぎらい、希望者全員に余った菓子を分け与え終わったアイリは、休む間もなく文机《ふづくえ》に向かっていた。

目の前に広げているのは、自領の帳簿《ちょうぼ》と、帳簿のつけ方の教本である。

先日、ベルンシュタイン伯爵《はくしゃく》領が叔父《おじ》から、ギルハルトとアイリとの共同統治に移った。そこで、アイリが統治をやれる範囲《はんい》でやらせてもらえることになったのだ。

領地の収支を記帳する方法を、こうして勉強しているのだが、かれこれ一時間、数字とにらめっこするアイリは苦悩《くのう》のうめきを漏《も》らす。

「なんで……数字が、合わないの……？」

二つ返事で、任せる、と言ってくれたギルハルトの信頼に応えたい。

すばらしい領主だったたと評される亡き父のように立派にやってみせようと奮闘《ふんとう》するも、教本を読んでもよくわからない箇所《かしょ》があるのだ。

焦《あせ》る気持ちで、もう一度、該当《がいとう》箇所をはじめから読もうと教本を繰《く》る手が止まる。

『なりたいって、これ以上、どうなる必要があるっていうんだ』

――私は、ギルハルトの傍にいたい……。

彼の隣《となり》に、自分はふさわしいのか？

足りていないのではないか？

茶会での、あの麗《うるわ》しの令嬢《れいじょう》の言葉が胸に刺《さ》さる。

恥じることは何もしていないはずだ。それでも、王の妃《きさき》としてのふさわしさ、を考えると――。

「そもそも、普通《ふつう》の貴族令嬢はお金の勘定《かんじょう》なんてしないものね……」

保守的な貴族には、眉《まゆ》をひそめる者すらいる。

あれもこれも、とやりたがるのをギルハルトはよく思わないだろうか。

――こんなにも恵《めぐ》まれた環境に置いてもらっておいて、まだ自分でしたいことや、できることがあると思いたいなんて……おこがましいのかしら……。

机の上に両肘《りょうひじ》をついた手を握《にぎ》りしめ、顔を伏《ふ》せた――そのとき、部屋の扉《とびら》をノックする音がした。

「エーファさんですか……？」

昨晩もこうしてアイリが帳簿を広げていると、『明日はお茶会ですわ、どうかお早くお休みください』とエーファが心配して声をかけにきてくれたのだ。

今夜もそうかと思えば、部屋に入ってきたのは。

「え、ギルハルト……⁉」

婚約者の訪れに、アイリは驚《おどろ》いて椅子《いす》から立ち上がる。

「どうなさったんですか？　何か、ありましたか？」

「いや、おまえに会いに来た。なんだ、婚約者が会いにくるのが、そんなに驚くことか」

「え、いえ……」

ためにためた仕事を片づけるため、ギルハルトは夜を徹《てっ》して仕事している。

そんな彼が、わざわざアイリの部屋を訪ねてきたことは、これまでに一度もなかったので驚いているのだが。そんな彼女を見て、なぜかギルハルトは少したじろいだ。

「……俺が来ては、邪魔だっただろうか」

「い、いいえ！　とんでもないです！」

アイリは慌《あわ》てて婚約者を部屋に招き入れる。

「夜分に突然《とつぜん》、悪かったな。今日の茶会では、おおいに腕《うで》を振るってくれただろう。その礼をしようというのもあるんだが、おまえの顔が見たくなって……ん？　これは」

ギルハルトが目を止めたのは、アイリが文机の上に広げっぱなしにしていた帳簿とテキストだった。

「勉強中だったのか」

「あ……こ、これはっ」

貴族令嬢らしくないことをしていたのを目の当《ま》たりにされたくなくて、どれ、とギルハルトにのぞき込まれそうになる帳簿を隠《かく》そうと手を伸《の》ばす。

しかし、さっと取り上げられてしまった。

「損益の計算か。サイラスに領地経営の勉強を始めているとは聞いてはいたが、なるほど、がんばっているんだな。科目もいい加減にせず分けていて——ここまで、ひとりでまとめたのか？　たいしたものだ」

きょとんとしたアイリは、しばしのちに赤くなった。まさか、自分で勝手にしたいと申し出た統治の仕事で、しかも中途半端《ちゅうとはんぱ》な状態なのに、ほめられるとはつゆとも思っていなかったのだ。

「あ、あの、おほめいただいておいて心苦しいのですが、わからないところがありまして……あまり進んでいないんです」

「どこがわからない」

「ここです」

「ああ、ここの記帳方法か」

ギルハルトはアイリを椅子に座らせた。背後に回り込むと、羽根ペンをとる。吐息《といき》が首筋に吹《ふ》きかかるくらいの間近にいる彼の気配に、アイリの胸はどきどきと鼓動《こどう》を打つ。

静寂《せいじゃく》な夜の私室、裏紙にさらさらとペンの走る音だけが聞こえている。

図を描《えが》き終わると、ギルハルトはそれを指さしながら説明した。解説のあまりのわかりやすさに、アイリはみるみる目を見開き、緊張《きんちょう》していたのも忘れて感嘆《かんたん》する。

「す、すごいです！　あんなに悩んでいたのに、ぜんぶわかりました！　王陛下って、帳簿についてもお詳しいんですね！」

「歴代の王がどうかは知らんがな。なにしろ、先王はまったく帳簿をつけなかった。経理がいい加減すぎたおかげで、俺が継《つ》いだときには、とんでもないことになっていて——つまり、俺は、単に必要に駆《か》られて勉強せざるを得なかっただけだ。先王の時代に群がっていた奸臣《かんしん》どもの嘘《うそ》やごまかしをあばくには、数字で根拠《こんきょ》を示してやるしかなかったしな」

きっと大変な苦労だったろう。

それでもギルハルトの口調は笑い飛ばすようなからりとしたもので、この人はどこまでも器《うつわ》の大きな人だと驚かされる。

「いっそ、俺に帳簿を教えてくれた教師について勉強してみるか？　アイリさえよければ、取り付けておくが……どうする？」

「よろしいんですか⁉」

これまで、伯爵家の養女として育てられたアイリは、正式な教師をつけられたことはなかった。何を学ぶにも、門前の小僧《こぞう》でしかなかったアイリの瞳が期待と好奇心《こうき》に輝けば、ギルハルトは苦笑《くしょう》した。

「おまえは、やはり奇妙《きみょう》な女だな。菓子を作らせれば絶品で、茶を淹《い》れるのもうまい。ダンスだってこなせるうえに、領地の帳簿つけまでやってのけるって言うんだから」

奇妙な女、と言われてギクッとする。

「それは……銀狼陛下にふさわしい婚約者ではない、ということでしょう、か？」

ギルハルトはぱちぱちとまばたいた。思いもよらぬことを言われたとでもいうように。

「『ふさわしい』、か。もしも、それが、ヴェローニカ・マルテンシュタインの言うことを気にしてのことなら――」

図星を指されたアイリは、机の上に置いた手をぎゅっと握りしめる。

ギルハルトは、その手の甲《こう》を優《やさ》しく叩《たた》いて言った。

「――『だからなんだ』、というのが俺の本心だ」

アイリは、義理の家族から使用人同然の扱いを受けていた、とヴェローニカは言った。

「俺は、サイラスの報告で、おまえがこれまで、どれだけがんばってきたかを承知しているつもりだ。何より、家族からどんな扱いを受けていたかで人の価値が決まるというのなら、この俺こそが無価値でみじめなものになるだろう」

あたたかな彼の手がアイリの手に重ねられる。

「人には向き不向きがある。できないことを無理にする必要はないが、俺は、表向きではなく、真心を込めて菓子を準備してくれた妃を心から誇《ほこ》りに思っているよ。廷臣《ていしん》や、俺の王宮に働く者、みなに菓子とともに心を配ってくれてありがとう。感謝している」

「ギルハルト……」

「おまえは、王宮に来てからというもの、俺やみなのためにと色々とがんばってくれているよな。それが俺にはきちんと見えていなかったように思う。そこで、だな」

ここで改まった様子で背筋を伸ばすと、ギルハルトは、こほん、と咳《せき》ばらいした。

「おまえの与えてくれる心に報《むく》いねばならん、と思いたってだな……アイリよ。おまえには、どこか、どこか行きたい場所はあるか？」

「どこか、とおっしゃいますと……」

「約束しただろう。『どこにだって連れて行ってやる』と」

そういえば、正式に婚約する前に約束をくれた。そのときは嬉《うれ》しかったし、忘れていたわけでもない。行きたくないわけでももちろんないけれど、アイリは首を横に振る。

「ギルハルトはお忙《いそが》しいんですから、お気を使わないでください」

「やろうと思えば、いつでもいくらでも仕事はある。しかし、今、おまえと過ごせる時間は、今しかない。俺は、これからアイリとのことでひとつだって後悔《こうかい》したくないんだよ。行きたい場所が思いつかなければ、したいことでもいい。本当になんだっていいんだ。なんでも言ってほしい」

そう言うと、椅子に座るアイリの傍に片膝《かたひざ》をつき、顔を覗《のぞ》き込んでくる。

さあ、はやく、ほら……！

問うてくる瞳は、例によって圧が強い。アイリは両手を挙げて恐縮《きょうしゅく》を表した。

「あ、の……ありがとう、ございます。でも本当にお気持ちだけで、大丈夫《だいじょうぶ》です。すぐには思いつきそうにないですし」

「そうか。まあ、急だったしな。ゆっくり考えてみてほしい」

以前、望みを聞かれたときも、なかなか思いつかずに答えられなかった。しかし、今回は以前とは違い、本当はこの心に確かな望みがあった。行きたい場所は——。

——ギルハルトの傍にいたい。

しかし、それは口には出せない。

ギルハルトが誰を傍に置くかは、ギルハルトが決めることだからだ。

彼は、この国の王なのだから。

「お気持ちだけで、本当に嬉しいです。でも、私のことはお気になさらないで、王陛下としてぞんぶんになさってください」

ギルハルトはちょっと顔をしかめる。

「それは……俺とは出かけたくない、ということか？」

「……え？」

「俺ではない、別の誰かと出かけたい、ということなのか」

「そういう、わけではっ、なくて！　ただ、私、ギルハルトの邪魔をしたくなくて」

「邪魔なものか。ならば、はっきり言っちまうが――俺自身が、アイリとどこかに出かけたいんだよ。俺は、俺の妻とおでかけがしたいんだ」

そう言い切ったギルハルトの上目遣《うわめづか》いの表情は、あたかも心細そうに「きゅ――ん」と鳴く子犬のよう。心なしか、アイスブルーの目が潤《うる》んでいて――。

「……駄目、だろうか？」

お散歩に連れて行ってほしがった実家の飼い犬も、こんな顔をしてたな、とアイリが思っていると、ギルハルトが立ち上がった。そのまま、アイリの頭を抱《だ》きしめる。

「なあ、アイリ。おまえは俺がいなくても平気だったとしても……俺はおまえがいなければ、きっと平気ではいられない。どうなってしまうかわからない」

くぐもったギルハルトの声は、まるで請《こ》うような響《ひび》きを宿していた。

温かな体温に包み込まれて、アイリの胸が再びどきどきと音を立て始める。

「自分でも情けないと思うんだがな。アイリと会えるのが楽しみで、それで以前よりもずっと仕事に集中できるようになったんだ。おまえには出会った日から救われ続けてきたというのに、今の今まで、何もしてやらずにすまなかった。どうか許してほしい」

静かな謝罪の言葉に、アイリはびっくりして声を上げた。

「そ、そんな！　私、ギルハルトにはたくさんもらっています！　以前の私には想像がつかないくらい毎日が充実《じゅうじつ》していますし。勉強もさせてもらえて、ありがたいって心から感謝しているんです。エーファさんもサイラスさんも、もったいないくらい私によくしてくださいますし」

「ほらな。おまえは俺がいなくても、充実した人生を過ごせるんだ」

「へっ、まさか、私は、」

ただ、ギルハルトの傍にいたくて、という言葉を飲み込んだ。

本当に、彼の傍にいる資格があるのか？

その自信がない今、傍にいたい、と、言う勇気はやはりない。

「わ、私だって──ギルハルトと過ごせる時間が楽しみで、たくさんがんばれるんです」

「本当か？」

「本当ですっ」

「ふーん……ならば、証明してみせてくれよ」

間近にあるギルハルトの美貌《びぼう》。ほほえんだ唇《くちびる》が、アイリの首筋に触れる。

「ひゃっ、しょう、めいって──」

「さて、夜は長い。何をして楽しく過ごそうか……？」

低くささやく、とろけるように甘い声が耳に吹き込まれた――その時である。

ドド――ン！

雷《かみなり》の轟《とどろき》のような音が、窓という窓を震《ふる》わせた。

窓の外、町の繁華《はんか》街がある方角の空に、色とりどりの光の花が大きく咲《さ》いて、再び、腹の底を震わせるような轟音《ごうおん》が響き渡る。

「きゃあああっ⁉」

アイリが小さく悲鳴を上げて肩《かた》をすくませれば、ギルハルトは彼女を守るようにその肩を抱き寄せる。ギルハルトは平静な表情だが、見上げてみれば――。

――え……？

ギルハルトの頭に、オオカミ耳が生えているではないか。

人狼の血によって現れる、狼の耳。アイリが王宮を訪れる以前は、月の夜には感情の昂《たか》ぶりと共に出てきていたというが、つまり……今まさに感情が昂ぶっている？

――もしかして、顔には出てないけど、花火に驚いたってこと？

ギルハルトと出会ってからそんなに時間は経《た》っていないけれど、彼はずっとこの王宮で王であろうと努めてきたのをアイリは知っている。

これまで、どんなに驚くことやつらいこと、悲しいことがあっても平気な顔を装《よそお》って乗り越えてきたのだろうか。さまざまな思惑《おもわく》を持つ廷臣たちの集まる場で、今のように平静な表情でやりすごしてきたのだろうか。

　自分を保つのも大変だろうに、こうして彼はアイリに心を砕《くだ》いてくれている。

　この人の力になりたい、と再び心に誓ったアイリは、ギルハルトの頭に手を伸ばした。

　やわらかなオオカミ耳を優しく撫《な》でれば、ギルハルトがきょとんとして瞬《またた》いた。

　やがて、頭を撫でられている意味をギルハルトは察したようで、黙《だま》ってなすがままアイリに撫でられる。

　つぎつぎに花火が上がり、きらきらと夜空に光り輝く大輪の花を、ふたりは寄《よ》り添《そ》って見上げた。

　考えてみれば、こうやってじっくり花火を見たこともないのに気が付く。実家にいる頃《ころ》は、祭りの花火の音が聞こえてきたことはあっても、ゆっくり鑑賞《かんしょう》するゆとりなんてなかったのだ。

「綺麗《きれい》ですね」

「ああ。おまえの方が、綺麗だがな」

「へ？」

　ぽかんとしたアイリの隙《すき》をついて、ギルハルトが彼女の頬《ほお》に口づけた。

　アイリは耳まで赤くなり、ギルハルトはしてやったり、と笑う。そして、ふと言った。

「そういえば、町では建国祭が開催《かいさい》されるんだったか？」

この花火は、祭の始まる合図といったところか。

「は、はい。王陛下の婚約で、今回は期間が延長されるんだそうですね」

まさしく『王陛下の婚約』の当事者たちだというのに、他人事《ひとごと》みたいに話すふたりである。それに気づいたギルハルトが苦く笑った。

「今年の建国祭は、いわば、アイリのための祭りだと言っても過言ではないってことだ」

「そうなんですか？　私、建国祭をちゃんと見物したことがないものですから……どういうものかも遠くから眺めたことしかなくて、よくわからなくて」

「俺も同じようなもんだ。先王がいる頃には宮中行事としての建国記念に参列したことはあるんだがな」

ちなみに、ギルハルトに代替わりしてからは倹約の一環として宮中での建国記念は休止中であるという。

「街中で開催されているのを見物したことは、まだ一度もない。ああ、そうだ。明日、見物しに行ってみるか？」

「ええっ」

「なんだ、その顔は。俺と祭り見物はしたくないか？」

「いえっ！　行ってみたい、ですが……お仕事は、本当に大丈夫ですか？」

「一日くらいかまわん。そうと決まれば、明日はアイリとデートだな」

デート。

いただき物のロマンス小説で、主人公の女性とお相手の男性がしていた、例のあの？

「デートに、私が……」

「したことは？」

「は、初めてです！」

お祭りも、デートも、何もかもが初めてなことばかり。ギルハルトは楽しそうに笑った。

「俺もだよ。おそろい、というわけだ」

彼の頭に生えていたオオカミ耳は、もう、とうに引っ込んでいた。それでも、ふたりはいつまでも寄り添い続ける。

月の浮《う》かぶ夜空、打ち上げの音と共に、花火の光がまばゆいほどにまたたいていた。

翌朝、さっそくギルハルトとデートに行く旨《むね》を告げると、どういうわけかすでにエーファはアイリの衣装《いしょう》を用意してくれていた。

「ああ、アイリ様ったら、なんて可憐《かれん》なんでしょう！　はあ……『お忍《しの》びデート』って響き、燃えますわぁ！」

自分で着せておいて、感激の涙《なみだ》を浮かべるエーファが用意してくれたのは町娘《まちむすめ》のような衣装だった。

金髪《きんぱつ》をゆるく結《ゆ》い上げ、ふんわりとしたドレスがなんともかわいらしい。

実家にいる頃は、亡き母のドレスを大切に直して着続けていたアイリには、いかにも年相応の衣装を身に着けるのは初めてのことだったので感激もひとしおだ。

「突然なのに、こんなに素敵な衣装をありがとうございます、エーファさん」

「たくさん楽しんできてくださいまし」

そのとき、急かすようなノックの音がした。

「入るぞ！」

突進《とっしん》するようにクロークルームに入ってきたのは、まるでお散歩前のはしゃぐ犬のようなーー。

「ギルハルト、ですか？」

彼は、あたかも街の若者のような風情《ふぜい》をしていた。

生成《きな》りのシャツに、濃紺《のうこん》のベスト、そして艶《あで》やかな銀髪《ぎんぱつ》と印象的なアイスブルーの瞳を隠すように帽子《ぼうし》をかぶっている。アイリと同じくお忍びのための衣装であろうが、アイリは思わず、ふふ、と笑《え》みをこぼす。

「どうした、アイリ。この服、似合わないだろうか」

「いいえ、そうではなくて」

たたずまいやギルハルトの持つ空気には隠しきれない気品がある。シンプルな平民の服装とのちぐはぐさが、ミステリアスな存在感となって周囲の目を強烈《きょうれつ》に引いてしまいそうで——お忍びのための衣装なのに、と、その矛盾《むじゅん》がおかしく感じてしまったのだ。

一方のギルハルトは、アイリの町娘姿にまじまじと見入った。

「うん。やはり俺の妃はかわいらしい上に、落ち着いた気品がある。みなに見せびらかしたいような、俺だけが見ていたいような、複雑な気分だ」

ギルハルトの言葉に、アイリは赤くなりながら自分の姿を見下ろして——左手に輝く指輪に気が付いた。

「お忍びですし、指輪は外しておいた方がいいですよね」

一目見て、価値が高いとわかるそれを外していると、ギルハルトが何やら小さな箱を手《て》渡《わた》してくる。

「ならば、指輪の代わりにこれをつけてくれないか」

許可を得て箱を開けてみれば、その中身は——。

「わ……綺麗！」

それは、花の形を模した銀製の髪飾《かみかざ》りだった。透明《とうめい》の宝石が花弁の部分にちりばめられていて乱反射する光の輝きがきらきらと美しい。

——お忙しいはずなのに……いつの間に準備を？

驚いて見上げてみれば、ギルハルトは目を細めて言った。

「菓子作りのときに、指輪をつけていなかっただろう。これならば、髪をまとめるのにも使えるし、邪魔にはならない。発注をかけていたんだが、ちょうど届いたばかりでな」

「そう、なんですか」

髪飾りを手に感動していたアイリのきらめいていた瞳が、少しだけ陰《かげ》る。

どうだ？　いいだろ？　という得意げな顔をしていたギルハルトは、その反応に、一転してしゅんとする。今の彼にオオカミ耳があれば、しゅんと垂《た》れていただろう。

「き、気に入らないのか……？」

「えっ、す、すみません！　違うんです！　本当に嬉しいですし、素敵だと思います」

ため息が出るほど精緻《せいち》で美しい細工が施《ほどこ》してある、品のいい髪飾りは、しかし、町娘がつけるには高価すぎるような気がしたのだ。

「もしかして、アイリ様、『自分がつけるにはもったいない』だなんてお思いになってませんか？」

ドレスの裾《すそ》のひだを直していたエーファに図星を指される。アイリがうろたえれば、侍女はほほえんで言った。

「陛下、アイリ様に髪飾りをつけて差し上げてください」

「ああ」

ギルハルトが手ずからつけた銀の髪飾りは、アイリの金髪によく映《は》える。彼は満足げにうなずいた。

「うん。やはり、よく似合っているではないか。我ながらいい選択《せんたく》だった。この輝きが、きっとおまえの綺麗な髪に似合うと思っていたんだ」

満足そうなその言葉に、アイリは頬を赤らめる。

「ハレの日なんですし、悪目立ちすることはありませんよ。つけていて差し上げて」

そう言って、エーファがアイリにささやく。

「陛下は、常に他者から見えるところに、自分のプレゼントをつけていてもらいたいのですわ。アイリ様は『俺の妃だ』って示したがっておいでで、つまり独占欲《どくせん》の表れですのよ」

「なんだ、エーファ。何か言ったか？」

「いいえ、何も」

すまし顔でギルハルトに答えたエーファはアイリに片目をつむってみせる。

髪を飾る銀色は、ギルハルトの色だ。

――独占欲……。

アイリはますます顔に熱を覚えていた。それと同時に、思う。

自分は、いつでもギルハルトから与えられてばかりだと。

いざ馬車に乗り、城門を出ようという段で、見送りのサイラスが言った。

「陛下、アイリ様。どうかぞんぶんに楽しんできてくださいませ。殺しても殺しても死なないバケモノじみてお強い陛下がついているので、まあ大丈夫だとは思うのですが、おふたりには念のため、私服の騎士《きし》を幾人《いくにん》か護衛につけますので、よしなに」

バケモノとはなんだ、と抗議《こうぎ》するギルハルトを無視したサイラスに紹介《しょうかい》された数人の銀狼騎士団員は、みな町の若者といった風情の衣装を身に着けている。

「この者どもは、遠くから見守っているだけです。いないものとして、祭りを楽しんでくださいませ」

家柄《いえがら》も育ちもいい若者たちに、護衛させるのは気が引ける。

恐縮するアイリに向かって礼を取る私服の騎士らは、そろいもそろって姿勢がよすぎるので庶民《しょみん》の服装にどこか違和感《いわかん》がある。が、その中にひとりだけ、庶民スタイルになじんでいる騎士がいた。

「あ、自分、本日付で、月の聖女様の護衛長を務めさせていただきます、フリッツです。以後、よろしくお願いしますね」

へろりと笑って会釈《えしゃく》するフリッツと名乗った騎士は、きらきらまぶしい美男子《グッドルッキングガイ》ぞろいの銀狼騎士団員の中では、どこか地味というか親しみやすさを覚えるというか――。

――申し訳ないけど、ちょっと安心するかも……。

勝手に親近感を覚えて、勝手に罪悪感を覚えるアイリである。何しろ、育ての親から地味だ地味だと再三言われて育ってきたものだから。

「まったく、なんでこいつなんだ？　おい、フリッツ、いいか、いきなりの大抜擢《ばってき》だからって、浮《うわ》つくんじゃないぞ」

「へいへい、心得てますよ」

「大丈夫かよ、おまえ……」

同僚《どうりょう》たちはどこか緊張感に欠ける新任護衛長に心配顔だが、ギルハルトは言った。

「フリッツ・シェルツ。納得《なっとく》の抜擢だ。訓練戦で立ち回りを見てきたが、おまえは周りをよく見ているのだといつも感心していた」

「へ……？　いや、俺、陛下と一度も手ぇ合わせたことないはずなんですが」

「こちらが勝手に、おもしろい奴《やつ》がいるもんだと興味深く思っていた。あまり前には出ないが、したたかな戦略を取る割にだいたんな剣技《けんぎ》をする。団長はいい采配《さいはい》をしてくれたものだ……期待している。励《はげ》んでくれ」

銀狼陛下自らにかけられた言葉に、フリッツは一瞬驚きに目を丸くしながらも、へろっと笑った。

「すげえ、陛下にほめられたー」

「こら、フリッツ！　あんた、調子に乗るんじゃないのっ！　騎士団の人たちにまで心配かけて」

そう小声でささやいたのは、アイリの見送りに城門に来ていたエーファだった。しまりなく笑うばかりのフリッツに、「あほ面するんじゃない！」と、小突《こづ》く。

そんなエーファに、アイリはちょっと驚いていた。いつもと口調がまるで違うので。

「エーファさん……？」

「やーい、猫《ねこ》かぶりがバレてやんの」

へらへらしながら地味騎士に囃《はや》されたエーファは、笑顔《えがお》を引きつらせて低くすごむ。

「ほんとに、絶っっ対に、アイリ様をお守りなさいよ？　ぜえぇったいによ!?　うう……わたくしもついていきたいですわぁ」

アイリは一度、悪漢に誘拐《ゆうかい》されたことがある。だから過敏《かびん》になっているのだろう。さめざめ泣く侍女の肩を優しく叩く。

心配をかけて申し訳ないと思うけれど、物心ついた頃には両親がいなかったアイリは、こんなにも誰かから心配されたことがないので、ひそかに嬉しい。

「私は大丈夫ですよ。お土産《みやげ》も買ってきますから、ね」

「デートですもの……おふたりで過ごすのに意味があるんですわよね。いってらっしゃいまし」

「はい、いってきます！」

王とその婚約者を乗せた馬車は、街に向かって走り出した。


ルプス建国祭は、大変な賑《にぎ》わいだった。

街の大通りを中心に、出店がずらりと立ち並び、喧騒《けんそう》をかきわけるように、アイリとギルハルトは進んでいく。

「すごい人ですね……！」

「ああ。今年は特別に人出が多いとはサイラスに聞いていたが、想像以上だな！」

出店をひやかしたり、芸人の披露《ひろう》する見事な曲芸や、人形つかいの妙技《みょうぎ》に足を止めたり、ふたりで歩いていると、どっと人波が押し寄せてきた。

「うわっ、わ!?」

つんのめりそうになるアイリの手を、ギルハルトがしっかりと摑《つか》んだ。

「あ、ありがとうございます」

「気をつけろ」

ふ、とほほえんだギルハルトは、そのままアイリと手をつなぎ、再び歩き出す。つないだ手が熱くて、ただでさえ人に酔《よ》いそうになっていたアイリは頭がくらくらしてきそうだ。

——恋愛小説で読んだ、恋人同士のデートみたい……。

自分には縁《えん》がないと思っていたことが、こうして現実に起こっている。

胸のときめきよりも、むしろ他人事のように感動しながら、アイリは初めてのお祭り見物に興味が尽《つ》きない。そこへ、甘い匂《にお》いが漂《ただよ》ってきて。

「あ……〝雪玉〟！」

アイリは、とある屋台の前で足を止めた。

目を輝かせる彼女に、ギルハルトは問う。

「『雪玉』？」

「はい。このお菓子のことです！」

店頭には丸い形の揚《あ》げ菓子が所狭《ところせま》しと並んでいる。

オーソドックスな粉砂糖のかかったもの、砕いたナッツがまぶされているもの、シナモンなどのスパイスのかかったものなど、さまざまな種類があった。

「ほう。形が雪の玉に似ているわけだな」

「ええ、細長く伸ばした生地《きじ》をくるくるっと丸めて揚げた、庶民がお祝いの日に食べるお菓子なんですって」

「よく似たものは、お茶会の準備のお手伝いをしたお駄賃《だちん》にって味見させてもらったことがあるんですが……こういうお祭りの屋台で売っているのは、一度も食べたことがなくて」

「うまいのか？」

なにしろ、庶民の駄菓子《だがし》である。貴族の茶会に持参するお菓子にはふさわしくない、という理由でアイリが作ってみたこともなかった。

妹や弟に食べさせてやるお菓子は、たいてい貴族の茶会に出すための試作品だったし、興味はあっても自分自身の楽しみのために作ってみる、という発想には至らなかった。

「なるほど、これもおまえの初めてか。俺も初めてだ」

アイリとおそろいであることに、なぜか気をよくするギルハルトは、ナッツにシナモン、さまざまなフレーバーの全種類を所望《しょもう》した。

紙袋《かみぶくろ》に入れられたそれらを、どれにする？　とまずはアイリに選ばせる。

恐縮しながらも迷った末にシナモンを取ると、ギルハルトもひとつを手に取った。

「い、いただきます」

一口食べてみる。

中まで火の通った菓子は揚げたてで温かい。サクサクの食感だ。シナモンの香りが口いっぱいに広がる生地は、想像していたよりもあっさりと甘すぎない。

「おいひいれふ」

感想を報告すれば、突然、ギルハルトがアイリの食べかけのシナモンフレーバーにがぶりとかぶりついてきたではないか！

「…………⁉」

お行儀《ぎょうぎ》の悪さに驚いて目を丸くするアイリに、いたずらに成功した子どもみたいに笑ったギルハルトは、自分の〝雪玉〟をアイリの目の前に差し出した。

立って食べている時点でかなりお行儀が悪いのに——逡巡《しゅんじゅん》するが、これは庶民のお菓子で、庶民のお祭りなのだ。

ここでのふたりは、王陛下でもなければ、その婚約者の伯爵令嬢でもない。

アイリは思い切って、えいや、とギルハルトの〝雪玉〟に齧《かじ》りつく。

「こっちも、おいしいですっ」

「そうか」

たしかにお行儀はよくない、けれど——今までに覚えたことのない高揚《こうよう》感がアイリの胸の内に躍《おど》っている。

一方のギルハルトはといえば。

「俺も、うまい。……とは思うんだがなぁ」

と、なぜか難しい数学の問題でも解いているような表情でぶつぶつとぼやいている。

「アイリが作る菓子の方がうまい——なんていうのは、こういう場では野暮《やぼ》なんだろうな。うん。今言ったことは忘れてくれ。うまいうまい」

ちょっと首を傾《かし》げた格好で、庶民の駄菓子をもぐもぐ頬張《ほおば》る銀狼王と呼ばれる彼の横顔は、なんだか——。

——かわいい……。

それは決して宮廷ではしない表情で、今、こんな顔をしているのを知っているのは自分だけだと思うと、みぞおちのあたりがむずむずする。

思わず、ふふっ、と笑いを漏らすアイリに対してギルハルトは耳元にささやく。

「どうした？　おまえもそう思ったか？」

それが耳にくすぐったくて、アイリはますます声を上げて笑ってしまう。ぱちぱちまばたくギルハルトの表情がやっぱりかわいく感じて、おかしくてたまらない。

「ふふっ、あはははは！　ご、ごめんなさい。なんだか楽しくって！」

「そうか、楽しいか」

「はい！」

「俺もだよ。楽しいな」

ギルハルトも声を上げて笑い出す。

若い恋人たちが菓子を頬張りながら幸せそうに笑いあう姿に、道行く者たちはほほえましく視線を送っていて――その時である。

「ああっ、待ってぇ！　返して！」

突然、女の子の悲鳴が周囲に響き渡った。

大勢が賑わう通りの向こう、屋根の上には小さな猿《さる》が得意げに何かを掲げて《かか》はしゃいだ様子。どうやら、大道芸人の連れている仔猿《こざる》が、祭り見物をする幼い女の子の帽子を盗《ぬす》んで屋根に上がってしまったようだ。

女の子は泣き出し、猿回しの親方は猿に向かって、「降りてこい！」と怒鳴《どな》っている。その大声に自分が怒《おこ》られているとでも思ったのか、女の子はますます泣き声を上げた。

顔を見合わせたアイリとギルハルトは、女の子に駆け寄った。アイリは優しく背を叩き、ギルハルトは女の子に〝雪玉〟の入った袋《ふくろ》を渡すと、屋根を見上げる。

「そう泣くな。すぐに取り戻《もど》してやる」

迷わず柱に手をかけようとして――アイリは視界の端《はし》に、私服の騎士たちが焦る気配をとらえた。

公衆の面前で、仕えるべき君主であり、一国の王にイタズラ仔猿を捕《つか》まえさせるなんて、ぼんやり見過ごせば、全員が上官から叱責《しっせき》のうえ、始末書・減俸《げんぽう》ものだろう。

周囲の和を乱すのを恐れる気質のアイリは、なんとか穏便《おんびん》に済ませたい。

気づけば、ギルハルトのシャツの袖《そで》を摑んでいた。

「ま、待ってください！　私が、やってみますのでっ」

「……？　アイリがあれを捕まえるというのか？　無茶だろう」

「いえ、捕まえるのではなくて……、ちょっと、あの子とお話ししてみます」

「話？　あの子っていうのは、猿のことだよな……？　何を言っているんだ？」

「少し、時間をください。えっと――おサルさん！　聞いてちょうだい……！」

戸惑《とまど》うギルハルトの目の前、アイリは屋根の上に向かって呼びかける。声に反応した仔猿は、きょとんとして地上を見下ろした。

「その帽子がなくて女の子が悲しんでいるわ。お願いよ、降りてきて返してあげて！」

しかし、仔猿に悪びれる様子はなく、両手に帽子を持ち上げて、アイリに向かって見せびらかすようにぴょんぴょん飛び跳《は》ねる。

「ええ、素敵な帽子よね。この子も、その帽子をとっても気に入っているのよ。だからこんなに悲しそうなの。お願いだから、返してあげて！」

とたん、跳《と》ぶのをやめた猿は、アイリの瞳をじっと見つめた。まるで、言葉が通じているかのような反応だ。

ざわついていた周りの者たち、そしてギルハルトは固唾を呑んで成り行きを見守る。

やがて仔猿は、帽子を自分の頭に載《の》せ、するすると細い柱を伝って降りてくると、そのままますぐアイリに向かって脱《ぬ》いだ帽子を差し出したではないか。

「いい子ね、ありがとう。あ、飼い主さん！　このおサルさん、とっても反省しているみたいですから、どうか怒らないであげてください」

そしてアイリは、持ち主に帽子を返す。

「あなたも、許してあげてね。この帽子があんまり素敵で、気に入ってしまったから、思わず盗《と》ってしまったみたいなの」

女の子はこっくりとうなずき、帽子を受け取った。

アイリのとりなしのおかげか、猿は親方から軽く頭を小突かれるだけで済んだようだ。

「アイリ、行くぞ」

ささやくようにギルハルトから声をかけられたアイリは、ようやく見物人から注目を浴びているのに気が付いた。人に注目されるのに慣れないアイリはおおいに焦り、ギルハルトに手を取られて、その場を逃《に》げ出す。

走りながら、ギルハルトは笑った。

「すごいな、アイリ！　おまえは、犬や馬だけでなく猿まで手懐《てなず》けてしまうのか！」

「て、手懐けているわけではない、と思うんですが……昔から、なぜか動物に懐《なつ》かれやすいというか、話を聞いてもらえる？　というか」

「本当に、動物と話ができるのか」

「あー……あの、すみません。気のせい、かもしれないので……」

アイリは、ちょっと迷った。

この話をすると、また、頭のおかしい娘だと思われるのではと思ったのだ。

子どもの頃は自分だけでなく、誰にでもできることだとばかり思っていた。だから、気軽に使用人に話していたのだが、最初は子どもの戯言《たわごと》と聞き流され、徐々《じょじょ》におかしなものを見るような目に変わり、やがて憐《あわ》れむようなそれになる。

『物心つく前に両親を失い、義理の両親にこき使われておかしくなってしまったんだわ』

――使用人の間で交わされた噂話《うわさばなし》だ。

周囲との和を乱すのを恐れる性分《しょうぶん》であったので、これはほかの人にはしてはいけない話なんだと気づいたアイリは、それ以来、誰にもこの話をしないようにしていたのだ。

今回も、ごまかすべきかと愛想《あいそ》笑いを浮かべるが――。

「気のせいなものか」

「へ？」

「さっきのサルは、どう見てもおまえの話を聞いていた。どういうことか、詳しく聞かせてくれ」

「え、いえ、面白《おもしろ》い話ではないと思いますし……」

「おまえの話は何でも知りたいんだ。教えてくれ」

アイスブルーの瞳は真剣で、気《け》おされながらアイリはうなずいた。

「は、はい。たとえば、子どもの頃、実家の屋敷《やしき》にネズミが出たことがあったんです。柱や備蓄《びちく》の食料を齧られて困っていたので、『悪さをしないでね』とお願いしてみたら、すぐに屋敷から出ていってくれたことがありまして」

「ネズミが？　アイリの言葉を理解したのか？」

「たぶん、ですが。そのあとも、何度かネズミが出たんですが、同じようにお願いしたら何もせずに出ていってくれましたし」

アイリは大真面目にネズミに対してお願いしたものだ。

なにせ子どもの頃からすでに金欠だったベルンシュタイン家であったので、食料を齧られても、家具を齧られても死活問題だったのだ。

「それと、たくさんの野鳥が家の庭の木を止まり木にしていたことがありまして、洗濯物《せんたく》を汚《よご》したことがあったんです。ネズミと同じように出ていくようにお願いしたら、一斉《いっせい》に別の場所に飛んで行ってくれたり、なんて……そんなのって、変です、よね」

アイリ本人が半信半疑なのだ。ネズミや鳥はたしかにアイリの希望通りに動いてくれたけれど、彼らから『了解《りょうかい》した』という返事は一度も聞いたことがないのだから。

何もかも、偶然《ぐうぜん》かもしれない。

そもそも言葉がわかったとしても、彼らにはアイリに従う道理がない。

——笑われちゃう、かな……。

恐る恐るギルハルトの顔色をうかがってみれば、彼は笑ってなどいなかった。

「聖典には月の聖女は、さまざまな力を持っていたと記されていたが……人狼の血を鎮《しず》めるアイリも、やはり不思議な力を持っているということか。なあ、アイリ。おまえの力を色々なことに生かすことができれば、それはきっとおまえのためになるはずだ。たとえば、そうだな……帳簿の勉強だけではなく、乗馬も本格的にやってみるか？　これはすごいことだぞ。馬を自在に操《あやつ》れるなど、考えただけでも胸が躍る。きっと、騎士団の連中はおまえに焦《こ》がれることだろう。俺も心底うらやましい」

まさか、動物に話ができるかもしれない能力を気味悪がったり疑ったりされこそすれ、尊んでくれると思わなくてアイリは驚いていた。

驚きは、やがて喜びとなってこの胸を震わせる。

「あ、あの、ギルハルト」

「ん？」

「ありがとうございます」

「礼を言われるようなことをしたか？」

「はい。いつも、私の話を真剣に聞いてくださって」

そして月の聖女としての力を生かすのを、王妃としてでなくアイリのためになる、とまで言ってくれた。

ギルハルトの手を握り返す。

「夫が妻の話を聞くのは当然だろう」

ギルハルトがアイリの手を握れば、アイリもまた、ギルハルトの手を握り返す。

「あの、ギルハルトの話も、聞かせてください。ギルハルトは、私の旦那様《だんな》、ですから」

遠慮《えんりょ》がちに口に出したアイリの言葉に、ギルハルトはほほえんでうなずいた。

「ああ」

ふたりは手をつないで、祭りの中へと戻っていく。

出店を冷やかし、ゲームで遊び、夢中になって楽しんでいると、やがて中央広場に特設された大きな舞台《ステージ》に気が付いた。

──あれが、ユリアンさんの言ってた歌いあいの舞台《ぶたい》かな。

舞台上に演者は立っていないのに、周囲が妙《みょう》に騒《さわ》がしい。ざわつく観客たちの様子に興味を引かれたのか、ギルハルトがそのひとりに声をかける。

「どうした？　何かあったのか」

「ああ。どうも、ピアノの演奏者が大遅刻《ちこく》してるらしくてなぁ。どこを探してもみつからないって運営がおおわらわなんだってよ」

「あたしの友達、出場する予定なのよ！　かわいそうに。今日の歌いあい、あんなに楽しみにしてたのに……」

ギルハルトは『歌いあいってなんだ？』という顔で、アイリを振り返る。

王に歌は必要ない、と、この婚約者に断じられた記憶が脳裏をよぎり、アイリは少し胸に痛みを覚えながらも、笑顔で答えた。

「『歌いあい』は、建国祭の恒例《こうれい》で、縁起《えんぎ》のいいイベントだそうですよ。『遠吠《とおぼ》えの恋歌《こいうた》』という歌を歌いあった恋人やご夫婦《ふうふ》は、ずっと一緒にいられるっていう」

ギルハルトは、茶会でユリアンに一緒に歌うよう誘われたのを思い出したのか、一瞬、眉をひそめるも、そっけなく「そうか」とだけ言って、舞台に視線を戻した。

アイリはどこか遠くを見つめるようなまなざしをする彼の横顔を見上げた。

——ギルハルトは、歌が嫌《きら》いなのかしら……。

舞台はやはり始まる様子はなく、運営の者たちがあわただしく行き来するばかり。

舞台わきに待機する出演者たちは、今年は歌えないのか？　とやきもきし、しびれを切らした観客からブーイングが起こり始める。

運営は、なんとか観客たちを舞台上からなだめようとするが、ブーイングは大きくなる一方だった。すっかり困った様子の運営が、何やら言葉を交わしあっている。

「何を話し合っているんでしょうか……？」

「『伴奏《ばんそう》ナシでいくか？』、『しかし、素人《しろうと》の歌だぞ？』、『ぐだぐだになるのが目に見えてるんだよ！』、『だったらどうしろって言うんだよっ』——と、言い争ってるな」

舞台上に目を凝《こ》らすギルハルトの言葉に、アイリは驚いた。

「舞台上のやりとりが聞こえるんですか!?」

「いや、確かに俺は人より聴覚《ちょうかく》はいい方だとは思うが、雑音が多すぎてここまでは聞こえない。唇を読んだんだよ」

ここから舞台までの距離《きょり》は観客をはさんで、かなり離《はな》れている。聴力《ちょうりょく》に自信があると言ったギルハルトだが、視力もよくなければできない芸当だろう。

婚約者の並外れた身体能力と、意外な特技に感心しつつも、アイリは大きなブーイングを浴びながらおろおろと窮《きゅう》している運営が気の毒になってきた。

「あの、ギルハルト。私、ちょっとだけ行ってきてもいいですか？」

「行くって、どこへだ？」

「す、すみませんっ、すぐ戻れるようにがんばりますから、ここにいらしてくださいね！」

アイリは覚悟《かくご》を決めると、騒ぐ観客たちの間に「えいや」と割って入っていき、人波をかき分けて舞台の前までなんとか出る。舞台上の運営に声をかけた。

「あのっ、すみません！『遠吠えの恋歌』の楽譜《がくふ》は、ありますか？」

「ああ？なんだい、お嬢ちゃん！」

「私、ピアノが弾《ひ》けるんですけど！よかったら、伴奏の方がいらっしゃるまで、代わりに弾きましょうか——って、きゃああっ！」

みなまで言い終わる前に、男たちはアイリの手を掴むなり舞台上に引っ張り上げた。

「本当かい⁉　助かる！　本当に、助かるよ……！」

「楽譜はこれだ！　けど、ぶっつけでいけるのかっ⁉」

この国では、ピアノはそれで口を糊《のり》しているプロか、上流階級のたしなみなので、そうほいほいと街中にピアノが弾ける庶民などいないのだ。だから、彼らは必死にすがる。

「頼《たの》むっ、いや、お願いします！」

「遅刻してるピアニストが来るまでの、場つなぎだけでも、なんとか！」

久々で指が動くか心配したが、比較《ひかく》的単純な曲なので、試《ため》し弾《び》きでいけると判断したアイリは、運営の男にうなずいてみせる。

「ああ……助かったぁ、お嬢ちゃんは救いの女神《めがみ》様だ……！　ご来場の、みなさまぁ！　大変長らくお待たせしました！　一組目の出場者さーん、いらっしゃーい！　さあ、張り切ってまいりましょう！」

司会者の呼び声に、待ちわびていたカップルが舞台上に上がってくる。

合図と共に、アイリはピアノを弾き始めた。と、同時に、視界の端にひらりと舞台に飛び乗ってくる人影《ひとかげ》があるではないか。その人物は、舞台上を悠然《ゆうぜん》と歩くと、アイリのすぐ隣に立った。

心配して見に来てくれたギルハルト？　と一瞬思うアイリだったが、違った。その正体は——。

——ユリアンさん……!?

アイリの隣に立つのは、リュートを手にした笑顔のユリアンだった。

彼はピアノの曲に乗せてリュートを奏《かな》で始めて——。

——わ、すごい……すごく合わせやすい！

それどころか、その旋律《せんりつ》に巧《たく》みにリードされているかのようで、心地《ここち》よくすら感じる。

見事に合奏を果たしたアイリとユリアンは、恋人たちの役に立つことができたようだ。

三組のカップルが満足顔で歌い終わったところで、本来の演奏者が慌てた様子で現れて、アイリは舞台を後にする。

「よかったぞ、お嬢ちゃーん！　たいしたもんだぁ！」

「リュートのお兄さんも、素敵——！」

「こっち向いて、赤毛のお兄さんっ!!」

「お疲れ様《さま》、ありがとう——！」

観客や出場者たちから送られるねぎらいの歓声《かんせい》に対し、注目を浴びなれていないアイリは恥ずかしさに縮こまるが、ユリアンは愛想《あいそ》のいい笑顔を浮かべながら手を振った。

みなの期待に応えなれてきた者特有の鷹揚《おうよう》さを漂わせるユリアンは、どこかギルハルトに重なるところがある。何をしても絵になるというか、そこにいるだけで華《はな》のあるところ

も。

――似ている、なんて当のギルハルトには言えないけど……。

アイリはぎくしゃくしながら、道を開けてくれる観客の中を歩く。図《はか》らずとはいえ、ギルハルトとは微妙《びみょう》な間柄《あいだがら》の異母弟《いぼてい》とセッションしてしまったのだ。

気まずさを抱えながらギルハルトの姿を探せば、彼は黙って腕組《うでぐ》みし、アイリが戻ってくるのを待っていた。

花火に驚いていたあのときと同じ、無表情で。

おかげで、これは自分を抑《おさ》えているときの顔だと知ってしまったアイリは、なんと声をかければいいのかわからず、息を飲む。

「あ、の、ギルハル――」

そこへ、嫌と言うほど聞きなれたとある少女の声が、アイリを呼んだ。

「おねえさまぁぁぁ!!」

４．恋とレッスン

戸惑《とまど》うアイリの腕《うで》を摑《つか》んでいたのは、まごうかたなき、ギルハルトの正真正銘《しょうしんしょうめい》・元婚《こん》約《やく》者の――。

「――クリスティーナ……⁉」

田舎《いなか》に島流しにされたはずのアイリの妹、クリスティーナ・ベルンシュタインその人だった。

「お姉さまったら、柄《がら》にもなく目立つことしちゃって。しかもユリアンさまとご一緒《いっしょ》に。ねえ、ユリアンさまぁ」

そう言って、クリスティーナはもう片方の手をユリアンの腕に絡《から》みつける。

どういうわけか、この妹はユリアンと連れ立って祭りに来ていたらしい。

「……おい、こら、妹。おまえ、なんで島流しにしたのに、こんなとこにいやがるんだ」

こめかみに青筋を浮《う》かせたギルハルトに睨《にら》まれるが、けろりとして答えた。

「王都にいらっしゃる上流階級のお友達のみなさんがね、このあたくしのためにお別れ会をしてくださったの。みなさん、あたくしがいないと寂《さび》しいんですって♡」

「……おおかた、貴様が未来の王妃《おうひ》の妹ということで、コネを求めている貴族の子弟《してい》どもがちやほやして、貴様もそれをわかってちやほやされにきていたってところだろうが」

舌打ち交じりのギルハルトから図星を指されるクリスティーナだが、余裕《よゆう》の笑《え》みを浮かべてみせる。

「あらぁ、事実じゃありません？　あたくし、お姉さまのかわいいかわいい妹なんですもの♡　ね、お姉さま？」

「え、ええ、そう、ね？」

「アイリが困った顔してるだろうがっ、離《はな》れろ、妹」

ギルハルトが手を振《ふ》り合図すれば、背後に現れたのは、私服の銀狼騎士《ぎんろうきし》団員たちだ。

「やだぁ、庶民《しょみん》のお祭りで権力振りかざすなんて、無粋《ぶすい》にもほどがありましてよ。お姉さまったら、ほんとにこんな横暴な方が婚約者でよろしいんですのぉ？」

「っ、このっ、足に鉄球くくりつけて、所領に送還《そうかん》してくれる……！」

ギルハルトと妹は、きゃんきゃんと言い合いする。

どうにも相性《あいしょう》の悪いふたりであるが、しかしクリスティーナのおかげで、ギルハルトの表情が心を覆《おお》い隠《かく》すそれではなくなったことに、アイリは密《ひそ》かに安堵《あんど》していた。

「ところで、お兄さまぁ？」

姉から感謝されているとはつゆ知らないクリスティーナは、突然《とつぜん》に態度を一転させたかと思うと、きゅるん、と甘えたしぐさで、ギルハルトに向かって小首を傾げてみせる。

「建国祭で観光客が増えたせいで、あたくし、今日のお宿に予約が取れませんでしたの。ですからぁ、今晩、王城のどこかに泊《と》めてほしいなあって。宮廷茶会に出席した希望者には、王城内にお部屋が用意されたって聞きましたわよ？　だったら、あたくしにも一室くらい」

「……あぁ？」

図々《ずうずう》しいおねだりに、ギルハルトは完全にヤクザの形相だ。国王が出していい声ではない。

「お願ぁい、お・に・い・さ・ま♡」

ぞわあっと鳥肌《とりはだ》を立てたギルハルトは、青ざめながら背後に控《ひか》える私服騎士に案内を押し付ける。

「俺たちの婚約祝いに免《めん》じて、一泊《ぱく》だけ許す。明日の朝には強制送還するからな！」

すると、ユリアンが笑顔《えがお》で挙手をした。

「あ、僕も泊めてもらっていいかな？　僕は自分で帰りたいときに帰るから、送還の必要はないから。ね、ギルハルトくん」

「……好きにしろ」

アイリははらはらしてギルハルトの顔色をうかがうが、彼は無表情で騎士に案内を任せ、そのままアイリの手を引いて歩き出した。

「アイリ」

「は、はいっ」

「ピアノ、上手だった」

静かにほめてくれるが、それだけだった。ユリアンとの共演には言及《げんきゅう》しない。

アイリは、勇気を振り絞《しぼ》って口を開く。

「あ、あの、ギルハルト！　舞台《ぶたい》で歌いあっていたみなさん、素敵《すてき》でした……ね？」

「ああ、そうだな。この国の王として、彼らに心からの祝福を贈《おく》りたいところだ」

その口調はそっけない。

「ギルハルトは、その、歌を歌うのは『王に必要ない』とはおっしゃいましたけど――」

「……アイリも、あの舞台上の者たちのように、みなの前で歌いたいのか」

振り返ったギルハルトの顔。

その目が、戸惑うように揺《ゆ》れている。いつでも決断が明瞭《めいりょう》な彼の、こんな風に困惑《こんわく》する表情を見るのは初めてで、アイリは自分の失言を悟《さと》った。

「あ、の、私は――」

「すまない。おまえの望みを聞いておいて……おまえの望むことならば、なんだって与えてやりたいのは、本当なんだ」

再びアイリを振り返った彼の顔は、ほほえんでいた。

それは、きっと無理やりに作った笑顔で──。

「ありがとう、ございます……」

そんな顔をさせてしまったことを、アイリは悔《く》やむのだった。


「今日は楽しかった」

王城へ帰還《きかん》したギルハルトは、名残惜《なごりお》しそうにアイリの頬《ほお》を撫《な》でると執務《しつむ》に戻《もど》っていった。

「あーあ、アイリが彼の背中を静かに見送っていると。

「あーあ、ギルハルトくんのご機嫌《きげん》を損《そこ》ねちゃったかな」

声をかけてきたのは、わざとらしい困り顔をしたユリアンだった。

「僕が勝手に舞台に上がったせいだね。恋人《こいびと》たちの助けになりたいって思っただけなんだけど。なんか、ごめんね？」

例によって、申し訳なく思ってなさそうな謝罪だ。

「それはそれとして、アイリちゃんたちと合流できて助かっちゃった。国境からの長旅で疲《つか》れててさ。王都に泊まる所は確保してもらってはいたんだけど」

「もしかして……ヴェローニカさんに、ですか？」

茶会にも一緒に訪《おとず》れていた。

「あのお茶会で、ヴェローニカ嬢《じょう》はあんまりギルハルトくんと仲良くできなかったみたい。ずいぶんご機嫌を損ねちゃってさ。触《さわ》らぬ神に祟《たた》りなしって、今は近づかない方が無難かと思ってね」

――ふたりは、いったいどういう関係なんだろう？

アイリの疑問を読んだように、ふふ、とユリアンは笑う。

「ヴェローニカ嬢とは仕事上の関係だよ。マルテンシュタイン伯《はく》が、何かとうちに援助《えんじょ》してくれていたんだ」

「援助、ですか」

「真っ先に予算が削《けず》られるのは地方《イナカ》だからねぇ。そもそも国境騎士団って、領主の辺境《へんきょう》伯《はく》から予算が出るんだけど、その領主がとんでもなく貧乏《びんぼう》で、雀《すずめ》の涙《なみだ》しかもらえないんだよ。要所だからって、王都《ここ》からも防衛費として予算は出てはいるけど、充分《じゅうぶん》には程遠《ほどとお》い。最近は、うちの弟が辺境に自生する珍《めずら》しい薬草の栽培《さいばい》法を研究して人工的に増やしたり、染料《せんりょう》になる虫なんかを見つけ出して輸出したり、地方の宝石を加工する工房《こうぼう》と王都のアクセサリーショップとのつながりを作ったり、僕も協力してがんばってきたおかげで援助の必要もなくなりつつあるんだけどね」

「それは、すごいですね。弟さん、ご病気だとうかがってますが」

「うん。あんまり長く起きてはいられないけど、薬草の研究なんかはもともと自分で症《しょう》状《じょう》を軽くできないかっていうのがきっかけだったんだよ。動けないなりに、地元の情報を集めてお金になることはないかって尽力《じんりょく》してくれて……はは、駄目《だめ》だね。僕は、お兄ちゃんなのに。兄には武力で劣《おと》るし、弟の聡《さと》さにはかなわない。兄弟には頼《たよ》りっぱなしでさ……唯一《ゆいいつ》できるのは、ちょっと足を伸《の》ばしたおつかいくらい」

うわべの笑みがその顔から消えたように見えたユリアンのつぶやきは、少し寂しそうだ。

「ご兄弟も、明るいユリアンさんがいらして、たくさん助けられていると思いますよ」

「ありがとう、アイリちゃん。そうだと嬉《うれ》しいな。ギルハルトくんにとってのアイリちゃんも、きっと『たくさん助けられている』んだろうね」

アイリは照れて赤くなる。

「わ、私も、そうだと嬉しいです」

「うん。お互《たが》い、がんばろうね」

じゃ、おやすみ、と、ユリアンは手を振ってゲストルームへと去っていく。

あんなにも華《はな》のある見目のいい人が、劣等感《れっとうかん》を抱《いだ》いているなんて。意外であったし、ユリアンを『チャラい』という色眼鏡で見ていたのだと恥《は》じていると――。

「……うっさんくさいですわぁ」

いつの間にいたのか、アイリの隣《となり》でクリスティーナがユリアンの背中を睨みつけていた。

「い、いたの⁉」

「いましたわよ。うふふー、安心なさって、お姉さま？　イェルクの次男とほほえみあっていたなんて、陛下に報告して怒《おこ》らせて、おもしろがったりしませんわよ」

ぎょっとするアイリに対して、妹は悠然《ゆうぜん》とふんぞり返って鼻を鳴らす。

「だって、あたくし、イェルクの次男やマルテンシュタイン伯爵令嬢《はくしゃくれいじょう》みたいに陰湿《いんしつ》じゃありませんもの！」

「ええっと……クリスティーナ？　そもそもなんだけど……今日はどうして、ユリアンさんと一緒にお祭りに来ていたの？」

「つい一週間前、貴族のみなさんが開いてくれた、あたくしのお別れ会で、声をかけられましたのよ。『美しい女性《ひと》、ぜひゆっくりお話ししてみたいな』、なんてね」

クリスティーナは、まんざらでもない顔をしながら言う。

「まあ、王の婚約者の妹だから近づいてきたって丸わかりでしたけどねぇ。あの人、目当てはお姉さまですわよ」

一見、奔放《ほんぽう》でやりたい放題なこの妹は意外と洞察力《どうさつりょく》に優《すぐ》れている。

「目当てが私って、どういうこと？」

「あの男、マルテンシュタイン伯爵令嬢とずっと一緒にいますのよ。昨日も一日中、一緒にいたとの目撃《もくげき》情報がありますもの」

――確かに、お茶会でも一緒にいたけど……。

「お姉さま、これをご覧になって」

そう言って妹が懐《ふところ》から取り出したのは、折りたたまれた一枚の紙だった。

開いてみると、その中身は――。

「……家系図？　マルテンシュタイン伯爵家と、ベルンシュタイン伯爵家も入ってる――」

「ええ。月の聖女本家のベルンシュタインと、分家のマルテンシュタインの家系図ですわ。あたくしやお姉さまと、月の聖女から引く血の濃《こ》さは同じだと、ヴェローニカは主張していますのよ」

そのビラを、あちこちの社交の場で配り回っているという。

「そもそも、先王の定めた婚約者はこの美の化身《けしん》たるクリスティーナだったのに、身代わりのお姉さまが選ばれたものだから、自分が選ばれたって不思議ない。むしろ、自分の方が王妃としての素養は上だと、自信満々にね！」

「そういえば、王家主催《しゅさい》のお茶会のときも――」

「ええ、そうでしょうとも！　取り巻きの女どもを使っていたんじゃなくて!?　あの女のいやらしいのは、そういうところですのよ。自分の意見ではなく、臣民《しんみん》の総意である、み

こ

たいな物言いをしませんでして!?　みんな言ってるって、『みんな』って誰《だれ》ですのよ、ここに連れてこいってんですわ！」

もしも、この場にギルハルトがいれば、『この妹にひとつだけ美点があるとすれば、群れることなく孤高《ここう》を貫《つらぬ》いてるところくらいだな』とげんなりしながら評していただろう。

「それで、あたくし、お姉さまをお守りしなければと、はせ参じたわけですの。お姉さまが取り巻き女どもにイジメられてないかあたくし心配で心配で」

「あ、ありがとう、心配してくれて……」

とりあえず礼を言うアイリは、当のクリスティーナのかつてのわがままのおかげでダイエットケーキを提供し、『取り巻き女ども』を掌握《しょうあく》できたのは黙《だま》っておこうと思った。

ともあれ、『絶対にあんな女を王妃に据《す》えてなるものか！』という意思も強固なクリスティーナは、ユリアンから祭りに誘《さそ》われたとき、彼に探《さぐ》りを入れるべく了解《りょうかい》したのだという。

「案の定ユリアンさまは、お姉さまについて根掘《ほ》り葉掘り聞いてきましたわ」

「それで、何か教えたの？」

「安心なさって。お姉さまではなく、一から十まで、このあたくしのプロフィールをたーっぷりと教えて差し上げましたから」

「そうなの……えっと、ユリアンさんとレディ・ヴェローニカがご一緒しているのと、私を狙《ねら》っているっていうのとは、つながらないんじゃないかしら。マルテンシュタイン伯は国境騎士団に支援《しえん》をしていらっしゃるんでしょう？」

「あら、ご存じありませんの？　マルテンシュタイン伯は、ユリアンさまのお兄さまを王にと推《お》していましたのよ。お姉さまを陥《おとしい》れようと結託《けったく》するには十分な材料ですわ」

「え……？」

「ユリアンさまが、ご自分のお兄さまを王に据えたいって思うのは当然じゃありません？」

「そ、そうかしら」

確かに、誇《ほこ》らしそうに自らの兄を語ってはいたが。

「王ですのよ？　権力の頂点ですのよ？　手の届くところにあるならば、望まないわけがない！　マルテンシュタイン伯だって同じですわ。支援して恩を売っていた男が玉座《ぎょくざ》に就《つ》けば、宮廷《きゅうてい》の要職に就けるでしょう？　つまり、銀狼陛下が『暴君』でいてくれた方が、都合がいいってことですわね」

「でも、レディ・ヴェローニカは陛下と結婚《けっこん》したがっていて」

「保険ですわよ、保険」

ちっちっち、とクリスティーナは指を振った。

「言ったでしょう？　蛇《へび》のように狡猾《こうかつ》だって。イェルク家が玉座を奪《うば》っても、ヴェローニカが王妃になっても、どちらにしてもマルテンシュタイン伯が絡んでる。んもう、お姉さまったら、お人よしなもんだから、そういう思惑《おもわく》に疎《うと》いんですからっ！　宮廷は、権力闘《とう》争《そう》のどまんなかだってお忘れ？　ぼんやりしてたらあっという間に何もかも奪われてしまいますわよ！」

妹の言う通りだ。

王妃にふさわしくなりたいと願いながら、そんなことに頭が回らないなんて、うかつがすぎるだろう。気を引きしめ、イェルク家についての情報に頭を巡《めぐ》らせる。

「でも……待ってちょうだい、クリスティーナ。ユリアンさんのお兄様に玉座を望んだところで、イェルク家のみなさんには王位継承《けいしょう》権はなかったはずじゃ」

当初、先王は愛人を『側室である』と宮廷に認めさせた。当時はまだ、ギルハルトが生まれていなかった、と理由もあってのことだ。

そして、先王に浪費《ろうひ》を促《うなが》した佞臣《ねいしん》は、側室の息子《むすこ》へおもねろうとしていた。ユリアンの母は、佞臣の思惑に巻き込まれぬよう、息子たちと共に辺境に移ったという。

「ええ、ユリアンさまのお母さまは、息子たちへの王位継承権を返上したうえで、固辞なさったんですって」

先王はそれを容《い》れつつも、彼女の側室の地位はそのままにした。

そもそも、ひとりの伴侶《はんりょ》を、生涯《しょうがい》をかけて愛しぬくとされている人狼《じんろう》の血を引くルプス王が、側室を持つのはただでさえ異例であった。宮廷は、イェルク家から王位継承権を取り上げることができ安堵したのは間違《まちが》いあるまい。

　長兄は騎士として辺境騎士団に入団する。もともと、祖父が騎士であったこともあり、長兄は祖父について剣《けん》の修行《しゅぎょう》をしていたのだ。

「ルプス国の王位を継《つ》ぐ根拠《こんきょ》は、『人狼の血を引く』というのが大きいですわ。イェルクの長兄は人狼の血を濃く引き継いでいると言われています」

　その証拠《しょうこ》に、国境騎士団に入団後、すぐに頭角を現し異例の速さで出世、今では騎士団長に至っている。

「王位継承権がないなんて、銀狼陛下がどうにかなれば、いくらでもどうにでもこじつけられますわよ」

　クリスティーナは、姉の手にしたヴェローニカによるアジビラをビシッと指さした。

「ともかく！　マルテンシュタイン伯爵家は、我らの敵ということですわ、敵！　エネミー！　お姉さまは銀狼陛下の婚約者として、陛下の玉座をお守りするためにも、ヴェローニカ・マルテンシュタインをぎったぎたに倒《たお》してやらねばならないんですの！」

「た、たおすって……」

「遠慮《えんりょ》はいらなくてよ？　自分よりも少しでもいい立場、いいものを持っている女には嫌《いや》味《み》や陰口《かげぐち》を言わずにはいられない！　あらゆる女に対してマウントを取るためなら、どんな苦労もいとわない！　男の前と女の前ではぜんっぜん態度が違《ちが》う！　空前絶後に嫌な女……！　それが、ヴェローニカ・マルテンシュタインという女なのですわぁ！」

アイリやギルハルトのためというよりも、個人的な感情がかなり勝っているような……こぶしを握《にぎ》りしめて妹が熱弁していた、その時である。

「同族嫌悪《けんお》、というやつですかね」

すぐ間近で、無感動な声がする。

振り返ってみれば、そこには無表情メガネの近侍《きんじ》長が立っていた。

「サイラスさん、いらしたんですか」

「ええ、おりました。クリスティーナ様のお部屋がまもなく整うことをお伝えに」

サイラスが丁寧《ていねい》な辞儀《じぎ》をしてみせると、妹は渋面《じゅうめん》をころりと笑顔にして言った。

「あら、ありがとう。それはそうと、同族――なんですって？」

「おや。空耳ではありませんか？」

涼《すず》しい顔でしらばっくれるサイラスに対して、クリスティーナは鼻を鳴らす。

「まあ、いいですわ。政治的な問題は、この人たちに任せておいて、とりあえずお姉さまは、あの蛇みたいな女から銀狼陛下を奪われないように。何があっても、あんな女なんかに負けないでくださいましっ！」

「……それって勝ち負けの問題、なの……？」

「当然、勝ち負けの問題ですわ！　お姉さまは銀狼陛下に恋をしていませんの？」

アイリは赤面した。

確かに、自分はギルハルトに恋をしている。けれど――恋歌《こいうた》の歌いあいを拒《こば》まれたことが胸を突《つ》く。それに……。

「ちょっと、お姉さま！　あたくしから『銀狼陛下を奪った罪悪感』を勝手に覚えて勝手に言いよどむのやめてくださる？」

「へ？　どうしてわかるの⁉」

「わかりますわよ、あたくしのお姉さまなんですから」

ふふん、と豊かな胸をそらす妹は不敵に笑った。

「ねえ、お姉さま。このあたくしから『奪った』と思い込んでいるのでしたら、当然、銀狼陛下を他の女に『奪われる』っていう頭がおありですわよねぇ？」

「………………！」

「お人よしもたいがいにしてくださいな。恋愛《れんあい》は、いかに相手を出し抜《ぬ》くか。まぎれもなく、これはあの女との戦いですのよっ！」

アイリは、たいていの物事を勝ち負けで考えたことがない。ましてや恋愛ごと自体が、生まれて初めての経験なのだ。

うろたえる姉に、クリスティーナはなおも熱弁する。

「銀狼陛下を奪われて。あの女といちゃいちゃしてるところを見せつけられてもいいんですの⁉　やりますわよ、あの性格ドブ女はっ！　お姉さまの覚悟《かくご》は、その程度ですの⁉」

ゲストルームの準備が整ったことをエーファが伝えに来なければ、いつまでクリスティーナによるヴェローニカへの私怨《しえん》を並べ立てられていたかわからない。

部屋へ案内されていく妹を見送りながら、アイリは考える。

ギルハルトと婚約するときに、覚悟を決めたつもりだった。

それは、王陛下と共にいること、そして、王としてのギルハルトから『おまえは国の治世に必要ない』、と言われれば彼の前から去る覚悟だと思っていた。

ギルハルトに必要とされ、それに応えることができさえすればいいと。けれど——。

「戦い……」

「アイリ様」

「は、え、なんでしょうか、サイラスさんっ」

「盗《ぬす》み聞きをするつもりはなかったのですが、相変わらずお元気な妹君ですね」

「……恐れ入ります」

「いささか感情が強く介入《かいにゅう》してはいるようですが、よく調べておいでですよ。おっしゃることはかなり的を射ていて、正直なところ驚《おどろ》きました。心からアイリ様を案じておられるのでしょう」

彼女なりの懺悔《ざんげ》なのかもしれませんね、とサイラスは言う。

経緯《けいい》はどうあれ、結果としてクリスティーナは姉に婚約者を奪われ、恥《はじ》をかかされた形になった。それでも妹からそれに対する恨み言《うらごと》はついぞ聞いていない。

転んでもただでは起きない。そういう気性《きしょう》の妹だからこそ、どれだけ無茶なわがままを言われても姉として面倒《めんどう》を見続けてやれたのかもしれない。

「妹君がヴェローニカ嬢へ抱《いだ》いているアレコレはさておき、ユリアン・イェルク同様、ヴェローニカ嬢を警戒《けいかい》するべきというのは、おおいに賛成です。お気をつけくださいませ。私どもの調べでは、彼女は妹君が婚約者の頃から、月の聖女候補になるべく、水面下で王妃の座を狙っていたようですから」

ベルンシュタイン伯爵家はかつての当主――アイリの叔父《おじ》が放蕩《ほうとう》者のどうしようもないポンコツで悪評まみれだった。

その叔父が溺愛《できあい》する娘《むすめ》のクリスティーナはあの調子なので婚約には至らないと高をくくり、ベルンシュタインが自滅《じめつ》するのをじっくり待っていたということで。

「私、そんなことも知らなくて――恥ずかしいです」

「いいえ、無理もありません。マルテンシュタイン伯は、グレル侯《こう》の一派ながら、月の聖女反対派には属していませんでしたからね」

マルテンシュタイン伯爵家よりも、大きな権威《けんい》を持っていたグレル侯爵《こうしゃく》に知られれば、利権を頂戴《ちょうだい》できないし、出る杭《くい》を打たれてはたまらない。だから、グレル侯爵が捕縛《ほばく》される前までは、ヴェローニカが月の聖女の血を引くことは大っぴらにしていなかった――その証拠に、先日の《儀式《ぎしき》》の舞踏《ぶとう》会のときには、しれっと不参加だったというわけだ。

そして、グレル侯が社交界から消えたことで、ヴェローニカが月の聖女の血を引くと大々的に喧伝《けんでん》し始める。

「ヴェローニカさんは、陛下に対して何かをする……と？」

「陛下だけではなく、あなた様も警戒が必要かと。妹君ではありませんが……どうか、レディ・ヴェローニカに負けないでください」

負けないで。

サイラスまで、クリスティーナのようなことを言うなんて。

「サイラスさん。恋愛というものは、勝負事なんでしょうか」

「さて。そうおっしゃる方もいますが、人によるのでは。人間には向き不向きというものがありますゆえ」

「で、ですよね……」

「しかし、戦ってでも『決して離さない』という気持ちは、相手に伝わるものではないでしょうか。僭越《せんえつ》ながら、身代わり婚約者として、アイリ様は萎縮《いしゅく》していらした。そんなあなた様のお心を動かしたのは、一途《いちず》にあなた様を想《おも》う陛下の心ではありませんでしたか？」

サイラスの言う通りだ。

ギルハルトは、身代わりであるにもかかわらずアイリを強く望んでくれて、言葉と態度で示してくれて、アイリはこれまでに感じた経験のない自信と勇気を得ることができた。ほかの誰にも与《あた》えられなかったものを、ギルハルトはたしかにアイリにくれたのだ。

——私も、ギルハルトに伝えたい。

ギルハルトを『決して離さない』と。でも、実際にどうすればいいのだろう。

「私……陛下と、一緒に『遠吠《とおぼ》えの恋歌』を歌いたかったんです。そうすれば、いつまでも一緒にいたいと、陛下にお伝えできるんじゃないかって」

しかし、それは拒まれた。

だから、アイリは少しだけ疑ってしまったのだ。ギルハルトは、本当のところアイリを傍《そば》に置いておきたいわけではないのでは？　と。単に人狼の血を鎮《しず》めるために、必要だから、月の聖女の血を引くのならば誰でもいいのでは、と。

「アイリ様。ここだけのお話ですが……実は陛下は、芸術アレルギーをお持ちなんです」

「アレルギー？」

「ええ。そもそも、ユリアン様のご母堂《ぼどう》——つまり先王の側室は、明るく華やかなお方で、歌も踊《おど》りもプロ並みの腕前《うでまえ》だったとか。その反動で、陛下のご母堂は、大の芸術嫌《ぎら》いになってしまわれたというわけです」

坊主憎《ぼうずにく》けりゃ袈裟《けさ》まで憎い。愛妾《あいしょう》憎しで歌やダンスまで嫌いになったというわけだ。

「幼い陛下にも、歌も踊りも下賤《げせん》どものやることだと、王太子《おうたいし》のやることではないと強く言い聞かせていたそうです。当然、幼い頃は歌もダンスも練習してきませんでした。ダンスはまだ、貴人同士の社交で必要だからと、ご母堂が亡《な》くなられてから形だけはしていたようですがね。先日行われた《儀式》での舞踏会で自ら挑《いど》まれたのは、かなり奮起をなされたのでは。ええ。すべてはアイリ様のためにです」

「ギルハルト……」

「しかし、歌は公務に必要がない。だから、絶対に歌いたくない、と」

「そうだったんですか……」

なんということだろう。なんて無神経なことを言ってしまったのだ。

「ですから、アイリ様と歌いたくない、ということでは決してないのですよ。どうか誤解をなさらないでください」

「わかり、ました。私、もう二度と、陛下に対して『一緒に歌いましょう』なんて――」

「ほう。アイリは、もう俺と歌いたいとは思ってくれないのか？」

背後から聞こえてきたその声の主は、まぎれもなく。

「ギルハルト！」

廊下《ろうか》の向こうから歩いてきた人影《ひとかげ》に、アイリは驚いた。

「ギ――ではなくて、陛下！　お仕事に戻られたのでは」

「ああ……手をつけかけたんだが、せっかくの休日だ。今日は終日おまえと一緒に過ごしたいと思い直してな」

庶民の服から王にふさわしい正装に着替《きが》えたギルハルトは、いつも簡潔な物言いをする彼らしくなく、どこかそわそわしている。

聴力《ちょうりょく》のいい彼の耳には、サイラスとの会話は聞こえていただろう。気分を害してしまったのだろうか。

「あ、あの、ギルハルト、歌のことなんですけど――」

知らなかったとはいえ、ごめんなさい。そう続けようとしたアイリに対してギルハルトが言った。

「俺も、歌のことでアイリに相談があってな。あー……その……教えて、ほしいんだ」

「？　何をですか？」

「歌を。歌ってみようと、さっき思い立った。よければ、教えてもらえないだろうか」

思わぬ申し出に、アイリとサイラスは互いの顔を見合わせた。

——いったい、どういう心境の変化だろう。

なんでもアイリに与えたいと豪語《ごうご》したこの王は、それでも、歌を歌うことだけは拒んだのに。謎《なぞ》に思いながらも、アイリはピアノの前に座った。

そのわきには、どこか思い詰《つ》めたような、難しい顔をしたギルハルトが立つ。

ふたりきりの夜の防音室は、しんと静まり返り、ギルハルトはピアノを見つめるばかりで何も言おうとしない。

——き、気まずい……！

なんと声をかけようかと迷っていると、ギルハルトが先に口を開いた。

「俺の母は歌や音楽を毛嫌いしていたが、王宮内にはピアノがある。こうして防音室まであるな。先王が好んでいたから」

独り言のようにつぶやくと、アイリに向き直って彼は言った。

「さあ始めよう。よろしく頼《たの》む」

「え、あ、はい」

とはいっても、アイリは誰かに歌を教えたことなどない。アイリに懐《なつ》き引っ付きまわっていた弟と一緒に簡単な曲を弾《ひ》きながら、一緒に童謡《どうよう》を歌ったくらいか。

ああいう感じでいいのならば。

「まずは、子どもが歌う童謡を練習してみましょうか」

「いや、歌いあいの『遠吠えの恋歌』だけでいい。俺は、あれを歌いたい」

アイリは一瞬《いっしゅん》驚くが、ギルハルトが優《やさ》しい人だと思い出す。

――もしかして、私が歌いたがっていると思って、無理して練習を？

でもそれは、ずいぶんと自分に都合のいい解釈《かいしゃく》に思え、質《ただ》してみるのも図々しい。とりあえず、アイリはギルハルトの希望を呑《の》むことにした。

「では、声を出す前に呼吸から。リラックスして、鼻から吸ってみましょうか」

妹の令嬢教育の一環《いっかん》として、妹のために雇《やと》われた音楽教師の歌やピアノのレッスンを後ろから見ていたことはある。

いまいち指導に自信が持てないままに、教師が言っていた内容を思い出しながら、ポーン、と鍵盤《けんばん》を叩《たた》いた。

「次は……発声練習、です。遠吠えの恋歌は、この音から始まりますから――ピアノの音を、よく聞いてくださいね」

うなずくギルハルトの様子が、しかし、早々におかしいことにアイリは気づいた。

——オオカミ耳が出てる⁉

窓の外を振り仰《あお》げば、夜空には案の定、月が浮かんでいた。

アイリの視線と表情に気づいたギルハルトもまた窓を見やる。窓に映る自分の姿に、オオカミ耳の飛び出た頭に手を当て、ため息をついた。

「……すまない。どうも、耳が出やすくなっているらしい。このところ、精神的に安定しないようなんだ。情けないことだがな……」

「このところ、ということは、その……ユリアンさんと、関係が？」

「…………。そうかもしれん」

「あ、えっと、ギルハルトは、ユ、ユリアンさんのことを、どう思っていますか……？」

勇気を振り絞ってした質問は、しかし、たった一言で一蹴《いっしゅう》される。

「どうとも」

「へ？　ですが、精神的に安定しないのは、ユリアンさんがいらしてからなんですよね？」

「そもそも、あっちが俺を嫌っているということしかわからんのだから、どうも思いようがない」

「それは……」

そんなことないですよ、とは言い切れない。ユリアンはギルハルトに対して、アイリが見てもわかるほど明らかな嫌味とわかる嫌味を言っていた。

　これ以上、踏《ふ》み込んでいい問題かどうか逡巡《しゅんじゅん》するが、アイリは思い切って口を開く。

放置してはいけない、と直感したからだ。

「ギルハルトは、ユリアンさんの非礼を咎《とが》めようとしませんよね。それはもしかして、彼に遠慮をなさっているから、ですか？」

「…………ユリアン・イェルクに対して後ろめたさがあるのは否定のしようがない。……俺の母親は、先王の側室を――ユリアンの母親を暗殺しようとしたことがあるんだ」

「……え？」

「暗殺者を放ち、側室に毒を飲ませたんだよ。大事には至らなかったがな」

　暗殺は失敗に終わったということだ。しかし――。

「――ユリアンの弟は毒薬で昏倒《こんとう》し、身体《からだ》に後遺症《こういしょう》を残した」

「弟さんまで巻き込まれた、ということですか？」

「いいや、故意に飲まされたんだろう。俺の母親は、側室の息子全員を殺したがっていたはずだからな。母は、ユリアンたちを王位継承権の簒奪《さんだつ》者だと思い込んでいた。ユリアン、そして、その弟が生まれたことが母の疑念を膨《ふく》れ上がらせた。あの人は、側室に王妃の座を奪われることを何よりも恐《おそ》れていたんだよ。……ともかく、ユリアン・イェルクには俺を恨む理由がある。それだけだ」

淡々《たんたん》と述べる、ギルハルトの声はあくまで平静だったが、大きなオオカミ耳は、うなだれている。たまらない気持ちになったアイリは、ピアノの椅子《いす》の上に膝立《ひざだ》ちになると、ギルハルトの頭に手を伸ばしていた。

ふわふわ手触《てざわ》りのいい獣耳《けものみみ》を優しく撫でるが、それは引っ込んでくれない。

ならば、いつまでもこうしていよう。

この人は、父母のかつての怠慢《たいまん》や不始末やその結果としてついてまわる憎悪《ぞうお》までをも背負《しょ》い込んでいる。表面上、なんでもない顔をして、当然のこととして受け入れている。

自分の前でも耐《た》えさせているとしたら——。

アイリは、ギルハルトの頭を柔《やわ》らかく抱きしめた。

「ギルハルト。もしも、なんですが、私のために歌の練習をしてくださっているなら、もうやめておきましょう？　歌は、嫌な思いをしてまで歌うものではありませんよ」

椅子の上にいるせいで、抱き込むような形になったアイリの腕の中、ギルハルトは首を横に振る。

——ギルハルトが歌を練習したいのは、私のためじゃなかった⁉

思い上がりを恥じて急激に赤面しながら、アイリは慌《あわ》ててとりつくろった。

「そ、それにっ、私は正式に歌を習ったわけでもないんですっ。本当に歌に挑戦《ちょうせん》したいと思われているのなら、プロの声楽の先生にお願いした方がいいと思います。私は、誰かに何かを教えるのにふさわしい人間ではないので」

「ふさわしい、か」

自嘲《じちょう》するように、笑みを含《ふく》んだ、くぐもった声が言った。

「そもそも歌を教わること自体、王である俺にはふさわしくない。意味のないことだろう」

「あ、あの、そういうつもりで申し上げたわけでは」

「わかっている。おまえではなく、俺の母親に言われたことだから。俺の母親は俺にそういうものに触《ふ》れさせようとしなかった」

気まぐれに歌を口ずさもうものなら、激しく叱責《しっせき》を受け、機嫌の悪いときには平手打ちにされていた——ギルハルトはなんでもないことのように吐露《とろ》する。

むしろアイリの方が青ざめ、震《ふる》える手で自らの口を覆った。

「いくら殴《なぐ》られようがあの人は細腕《ほそうで》だったし、いくら子どもでも、人狼の血を引く俺にとってそう痛いことはなかった。同じ頃にしていた剣術《けんじゅつ》の稽古《けいこ》に比べれば、撫でられたようなもんだった。……ああ、悪い。気持ちのいい話ではないし、おまえにするような話題でもないな。しかし、本当に俺にとっては大したことではないんだよ」

アイリを上目遣《うわめづか》いに見上げて、彼は力なく笑った。

そういう問題ではない。

ギルハルト自身、わかっているだろうけれど、わざとそんな風に論点をずらそうとしているようにアイリには思えた。

出たままの耳が示しているのだ。無理に作った空虚《くうきょ》な笑顔だと。

「俺の方こそ、すまなかったな。……こんなことは、おまえが知る必要はないし、おまえの言う通り、無理にするものではない。矛盾《むじゅん》しているようだが、やはり、祭りで歌っていた恋人たちみたいにしたいとは、どうしても思えないんだ」

人前で歌いたくはない、と彼はつぶやく。

「それでも……執務室で書類を開きかけたとき、今日の祭りで——おまえがピアノを弾いている姿を思い出した。おまえとふたりきりならば、おまえの弾くピアノを独り占《ひと》め《じ》にできるならば、一緒に歌ってみてもいいと思えた。他の誰でもない、おまえと一緒ならば」

歌うな、楽器を弾くな、踊るなと言ったのは、母が母自身のために言ったことだ。

母は『恥ずかしくない王であれ』と幼いギルハルトに命じてきた。息子のためではなく、すべては彼女自身のために。

「比べるわけではないが、おまえは、祭りのあの舞台の上で、赤の他人の恋人たちのためにと、ピアノを弾いたな」

アイリは自分ではない他の誰かのために、勇気を出して苦手な人前に出てピアノを弾いてみせた。

「おまえは自分のためではなく、誰かのためにと、そして俺のためにと考えてくれる」

アイリは以前、ギルハルトに対して、『ギルハルトはギルハルトだ』と言ったことがある。

「俺は、その言葉に救われた。王ではなく、俺のことを想ってくれた。そんな女は、他に知らない。人狼の血を鎮めるだけではなく、俺はアイリに傍にいてほしい。心の底から、そう願っている。だから――ふさわしくない、だなんて言わないでくれ」

縛《しば》りつける権利はないが、それでも。

「どうか、俺の傍にいてほしい。指輪をつけていないときは、銀の髪飾《かみかざ》りをつけていてほしい」

それは、いつでも傍にいたいという現れで――。

「おまえと一緒にいるために、俺も勇気を出したいと思った。いつまでも母の身勝手な教えに縛られているわけにはいかない。変わらねばと。俺は俺の意思で、おまえに歌を聴《き》かせたい。王である以前に、ただのギルハルトとして。それでは……駄目だろうか」

ギルハルトの告白を聞いて、アイリは涙を流した。

彼は、こんなにも気持ちを伝えてくれる。

出会ったときから、ギルハルトはアイリに対して誠実だった。

宮廷で心を隠す彼は、アイリに対しては一貫《いっかん》して心を開いてくれていたのだ。

だから、アイリは信頼《しんらい》を預けた。彼は、アイリに生まれて初めて心から安らぎを覚える場所を与えてくれた。

ほかの誰でもない、ギルハルトが。

「聴かせてください」

――私もあなたの傍にいたい。だから。

「一緒に歌えたら、嬉しい。ギルハルトの歌が聴きたいです」

ギルハルトを抱きしめるアイリの背を、彼の腕がそっと抱きしめた。

夜の防音室、銀色の月明かりが降り注ぐ中、ふたりは寄《よ》り添《そ》いあうのだった。


そして、それから三十分が経《た》ち――。

ジャ――ン！

鍵盤に指を叩きつけるアイリの姿と、その迫力《はくりょく》に驚いてオオカミ耳が飛び出してしまうギルハルトの姿があった。

「いけません！　そんな発声では喉《のど》を傷《いた》めると、何度も申し上げているでしょう」

「ぐうっ⁉　い、言われた通りに、やっている、つもり、なんだがっ」

「違いますっ、違うんですっ」

アイリ・ベルンシュタインによる歌の授業は、ギルハルトのまったく予想外に白熱していた。一度夢中になったら、がっつりのめりこんでしまう――彼女の奇妙《きみょう》な図太さが現れた結果である。

もどかしげにピアノ椅子を降りたアイリは、図《はか》らずもがなるような声の出し方になるギルハルトの喉を無遠慮《ぶえんりょ》に触って言った。

「よろしいですか、喉ではなく腹筋です。おなかを意識して声を出してみてください。はいっ」

ほっそりとした手がやはり遠慮なく腹に触れてきて、ギルハルトは内心驚いていた。常にないほど積極的な接触《せっしょく》をしていることに、熱の入ったアイリは自覚がないらしい。

「恐れながら、腹式呼吸をご存じですか？」

控えめな態度はなりをひそめ、いつになくぐいぐいと押しの強い婚約者に対して、ギルハルトはいささか楽しくなってきた。

「ああ、もちろんだ。武人には基本だからな。たとえば弓を扱《あつか》うときも、狙いがぶれないよう肩《かた》ではなく腹で呼吸する」

「では発声するときも、同じように。おなかを意識して、息を吸って――はい、吐《は》いて」

説明しながらアイリは、大真面目な顔でギルハルトの腹筋をぐっと押さえる。

それがくすぐったくて、思わずギルハルトは、くく、と笑った。きょとんとして見上げてくるアイリの表情に、ギルハルトはますます笑みを深める。

「いや……普段《ふだん》からそんな風に、おまえからも俺に触れてくれればいいな、と思ってな」

指導に熱中していたアイリはようやく我に返ったらしく、ギルハルトの腹にべったり触っていることに今更《いまさら》気が付いたようだった。慌てて手を離す。

「わ、わ、すみ、申し訳ありませんっ！」

引きしまった腹には無駄《むだ》な贅肉《ぜいにく》がいっさいついていないのが、掌《てのひら》に伝わる感触《かんしょく》でありありとわかってしまって動揺《どうよう》するかわいい人を、ギルハルトは興味深げに見つめた。

「ふうん。いったん何かに夢中になれば、おまえはそうやって親密に俺に触れてくれるというわけか。ひとつ勉強になった」

にんまり笑い、一度離れたアイリの掌を強引《ごういん》に引き寄せ、再び自分の腹に押し当てる。

「ひゃああっ、待っ、あの、今日は、もうこの辺でっ」

「夜はこれからだぞ、アイリ先生……？」

わざと低い声で囁《ささや》いてやれば、彼女のかわいい耳が赤く染まる。

「こ、こ、これ以上遅《おそ》くなっては、明日のお仕事に響《ひび》きます、から！」

「補習授業を頼みたいんだが、なあ、先生？　どうすれば、俺のかわいい婚約者が時間を忘れるほど俺に夢中になってくれるだろうか。教えてほしい」

すっかり楽しくなってしまって、アイリのもう片方の手を摑まえて引き寄せ、その掌に口づける。

ギルハルトは知らない。

目の前で、許容を超《こ》えてすっかり目を回している『アイリ先生』が、心の中で「もうすでに夢中ですから！」と叫《さけ》んでいることを——。

★ ☾ ★ ★

ギルハルトの宣告通り、妹のクリスティーナは翌日には田舎の所領に送還され、泣く泣く姉に別れを告げた。

それから数日が経つが、ユリアン・イェルクはといえば、まだ王城内にとどまっているらしい。女中や侍女《じじょ》、女性官吏《かんり》、そして中には男の宮廷人までもが中庭でリュートをつまびくユリアンの姿にうっとりと頬を染める姿がたびたび目撃されているという。

自由に王城内を闊歩《かっぽ》する異母弟《いぼてい》に対し、アイリにあれ以来ちょっかいをかけてこないこともあり、ギルハルトは黙認《もくにん》していた。

一方、アイリによる歌の個人レッスンは順調に進んでいた。

誰に強制されたわけでもなく、期日があるわけでもない。ゆったりとした練習はなごやかで、短くも楽しい夜の授業――もとい、ふたりきりの逢瀬《おうせ》は、やがて大切な日課になっていた。

歌に苦手意識を持つギルハルトだが、元々、頭も勘《かん》もいい男であるし、何よりすばらしい美声である。歌っている本人に自覚はないようだが――。

――なんでもできる人だって思ってたけど、どんどんうまくなってる！

日々、着実な上達を目の前で見せつけられ、興奮を覚えたアイリは、ピアノを奏《かな》でながら問うてみた。

「ギルハルトの歌、本当に、私以外のどなたにも披露《ひろう》なさらないんですか？」

アイリの座るピアノの椅子の隣に腰《こし》掛《か》け、彼女の頬に自分の頬を寄せ、戯《たわむ》れるように髪《かみ》に触れながら、ギルハルトはうなずいた。

「ああ。教えてもらっておいてなんなんだが、人前では歌いたいとは、やはり思えないな」

ギルハルトの歌声には、練習で身につけるには不可能であろう深みと色気が宿っていて、不思議に心惹《ひ》かれるものがある。このなんとも魅惑《みわく》的な歌声の聴衆《ちょうしゅう》がアイリだけだなんて、あまりに贅沢《ぜいたく》がすぎるし、惜しいとすら思う。

――サイラスさんやエーファさん、お城のみなさんにも聴かせてあげたいけど……、ギルハルトが嫌だと言うのだから、それがいいのだろうとも思う。

それに少しだけ、この世でギルハルトの歌声を知るのがアイリたったひとりだけ、という事実に優越感《ゆうえつかん》も覚えたりする。自分の中にこんな独占欲《どくせんよく》があるなんて――ギルハルトといると、新しい発見の連続だ。

実家にいた頃には考えられないくらい、毎日が新しい驚きや喜びに満ちている。

約束通りに会計の教師もつけてもらい、ギルハルトは以前よりも休みを取るようにすると言って、次の休みには一緒に乗馬をする約束までしてくれた。

何もかもをあきらめていたあの頃からは想像がつかないくらい、明日が来るのが楽しみで仕方がない。アイリはギルハルトに心から感謝していた。

そんなある日――。


「アイリ様、お時間よろしいでしょうか」

会計の授業を終えたところで、サイラスに呼び止められたアイリは、何かの入った革《かわ》袋《ぶくろ》を手渡《てわた》される。じゃらりと音を鳴らす、その中身は――。

「元ベルンシュタイン伯爵――あなた様の叔父上《おじうえ》が使い込んでいた、お父上からの遺産金の一部ですよ。こちらは今月の返済分です。お納めください」

ギルハルトから返還命令《へんかんめいれい》が出されていた分割払《ぶんかつばら》いの、一回目だという。

――本当に返してもらえるんだ……！

アイリはそれを不思議な気持ちで受け取った。義理の家族のためにと使うお金は手にしたことはあっても、自分のものだというお金を手にするのは初めてだったのだ。

我がことのように喜ぶエーファが笑顔で言った。

「よかったですわね、アイリ様。何にお使いになりますの？」

「えっと……すぐには思いつかない、です」

嬉しいという気持ちよりも、どうすればいいのかがわからない。有事のときのために、貯金する、というのがすぐに思いついたが、王の婚約者として、貧乏性《びんぼうしょう》が染《し》みついた自分を変えたいという気持ちもある。

「アイリ様の欲《ほ》しいと思われるものを、なんでも購入《こうにゅう》なさればいいんですわよ」

「欲しい、もの」

今のアイリは、充分すぎるほど満たされている。けれど、唯一あるとすれば。

「私……陛下に、何か贈り物がしてみたいです」

おずおずと切り出す主人の願望に、エーファは目を輝《かがや》かせた。

「まあ、素敵！　それってとってもハッピーですわね」

歌の練習をがんばっているご褒美《ほうび》、というわけではないけれど、日頃の感謝を形で示したいと前々から思っていた。銀の髪飾りのお返しもしたい。

アイリは、髪に飾ったそれに触れた。

ギルハルトの傍にいたい、という望み。その心の表れを、アイリもギルハルトに身に着けていてほしいと思ったのだ。これって、つまり――。

――独占欲……？

気づいたとたん、顔が猛烈《もうれつ》に熱くなる。

『充分すぎるほど満たされている』、なんて嘘《うそ》ではないか。ギルハルトに出会ってからというもの、今まで知らなかった自分を何度も発見してきたけれど――。

――王陛下を独り占めにしたくて、その印をつけておきたいだなんて！

ここまで強欲《ごうよく》な自分がいたなんて、驚愕《きょうがく》の事実だ。

「どうなさいました、アイリ様？　お顔が赤いですわ」

「いいえ！　だ、大丈夫《だいじょうぶ》ですっ、それより、その」

もはや、開き直るしかない。

「贈り物のこと、陛下には秘密にして、驚かせたいなって思っているんです、けど」

「サプライズ？　まあ、ますます素敵ですわ！　さっそく、近侍長に相談してみましょう」

サイラスにサプライズプレゼント作戦の相談をした結果、アイリは街へギルハルトへの贈り物を買いに行くことが許された。

しかし当初、サイラスは迷ったようだった。このなんでもずばずばとものを言う男が言いよどむのは珍しい。

「あの……いけませんか？」

「いえ。アイリ様から、そのようにご自分のしたいことをおっしゃっていただけるのは、心より喜ばしく存じます。ただ……」

「そ、そうですよね……」

アイリはしゅんとする。

「すみません。私が以前、誘拐《ゆうかい》されたばっかりに。陛下にも、みなさんにも大変な迷惑《めいわく》をかけてしまって」

罪悪感で死にそうな顔をするアイリを見て、サイラスは思案げにメガネのブリッジを押さえ、やがて言った。

「陛下は、アイリ様を王宮に閉じ込めるのは不本意に思われています。私もできるかぎりアイリ様には日々を楽しんでいただきたいのです。わかりました、いいでしょう」

首肯《しゅこう》に、アイリはぱあっと笑顔になった。

「ありがとうございます、サイラスさん！」

「ただし、あなた様の護衛を連れて行くのが条件です。よろしいですね」


アイリは喜び、小躍《こおど》りしながら去っていく。

その背中を見つめるサイラスは、背後に現れた二つの気配に振り返らず命じた。

「……グレル候の前例があります。マルテンシュタイン伯が何かを仕掛《しか》けてこないとも限りません。アイリ様から目を離さないように」

「御意《ぎょい》」

答えるふたつの気配。そのうちのひとり——女の声がはりつめているのに気づいて、サイラスは言った。

「恐れていてはアイリ様にハッピーな宮廷ライフなど、いつまでたっても提供できませんからね。万が一、月の聖女に何かあれば、責任は、すべてこの私が請け負います。が——」

まさか、守れないなんて言いませんよね？

言外《げんがい》に試《ため》すような物言い。見下ろす男の感情にとぼしい黒い瞳《ひとみ》に、使命をもってこの場に控えるふたりは挑むような視線を返す。

彼らの覚悟に、サイラスはうなずいた。

「行きなさい」

ふたつの気配は、影《かげ》の中にかき消えた。

5・元・身代わり婚約者の戦い

街に出るための馬車が城門をくぐり抜《ぬ》けた。

馬車の中には、アイリとエーファ、そして御者役《ぎょしゃ》の騎士《きし》が乗っている。その後ろを、こっそりと私服の護衛がついてきているらしい。

「お嬢様《じょうさま》の馬車に、成人男性が大勢乗っていたら、怪《あや》しさ満載《まんさい》ですからねー」

と、御者台からのんびりした口調で言うのは、御者役のフリッツだ。

「さあて、どこに行きましょうか、妃殿下《ひでんか》」

「男性ものの、アクセサリーを扱《あつか》っているお店がいいんですが……私、これまでおしゃれとは縁遠《えんどお》くて詳《くわ》しくないんです。エーファさん、どこかいいお店をご存じですか？」

「わたくしも、女性のお衣装《いしょう》にはこだわりがあるんですが、男性ものには明るくなくて」

「俺も、そういうのはさっぱりです。めんぼくない」

アイリの護衛隊長に選ばれたフリッツは、申し訳なさそうに言った。

どこか昼行燈《ひるあんどん》な感じのこの騎士は、他の銀狼《ぎんろう》騎士団員とは雰囲気《ふんいき》が違《ちが》うとは思っていたけれど。

「俺、めっちゃ田舎《いなか》から出てきたんですよねー。銀狼騎士団って、王都出身者が多いんで、洒落《しゃれ》っ気《け》のある連中ばっかでまいりますわ」

「フリッツさんは、どちらからいらしたんですか？」

「地名言っても、きっとご存じないですよ。サイラスさんの親父《おやじ》さんのバカでかい領地のお隣《となり》の、ちーっこい領地の貧乏《びんぼう》貴族の三男なんで、ファッションどころじゃなかったんす」

銀狼騎士団は、王のための騎士団である。

洗練された貴公子ばかりで結成されているかと思っていたし、このフリッツもきちんとした身なりである。が、こうして話をしてみると、地味なばかりか、貧乏、という自称《じしょう》にも共感を覚えてしまう。

「……余計なこと言わないで、フリッツ」

鋭《するど》くささやくように諫《いさ》めるエーファに対し、御者台の彼は肩《かた》をすくめてみせた。

「別にいいでしょうが、俺ってば親しみやすさをウリにしてるのよ」

「銀狼騎士団の品位が下がるって言ってんの。末端《まったん》の腐敗《ふはい》はトップにまで及《およ》ぶものよ」

「へいへい、失礼しやした。あ、妃殿下。こいつは、俺と同じ田舎もんですが、俺よりもだいぶ上位んとこのお嬢《じょう》なんで、まあ、安心して仕えさせてやってください」

「なんで、そんなことあんたに頼《たの》まれなきゃならないのよ」

車内から御者台に向かって、べしべしと後頭部をはたかれる地味騎士である。

「おふたりは、親しくていらっしゃるんですね。昔からのお知り合いですか?」

「腐《くさ》れ縁《えん》っすよ。幼馴染《おさななじみ》っつうか、なんつうか」

ふたりは、割とご近所に住んでいたという。

「ガキの頃《ころ》、サイラスの親父さんに声かけられましてねぇ。なんやかやで修行《しゅぎょう》の末、俺は騎士団に、こいつは王妃《おうひ》付きの侍女《じじょ》に——ま、お互《たが》い苦労はしましたねぇ。それなりに」

「だーから、わきまえなさいって言ってるでしょうがっ。余計なことを言うなっての」

フリッツはぎりぎりと頬《ほお》をつねられているが、アイリはすっかり感動していた。

——おふたりとも、たくさん努力して王宮に上がったんだ……。

「あの、エーファさん。私、恥《は》ずかしいんですが、王都どころか家からも雑務や、妹の付き添《そ》い以外ではあまり外に出ず過ごしてきたせいで世間知らずでして。だから、こうやってみなさんのお話が聞けるのは、すごく楽しくて、勉強になります。もしご迷惑《めいわく》じゃなかったら、色々と聞かせてもらえたら嬉《うれ》しいなって」

心からの願いを言うと、エーファが瞳《ひとみ》を潤《うる》ませる。

「ああ、アイリ様……なんてお心が広くて、勉強熱心なの……実のところ、アイリ様がおいでになるまで、わたくし、どんなお嬢様にお仕えすることになるかと不安だったのですが、お仕えするのがアイリ様で本当にようございました。エーファは果報者《かほうもの》ですわ……なにせ、わたくし、月の聖女様にお仕えするために生まれてきたようなものですし」

この侍女は、たまにひどく大げさな物言いをする。アイリは苦笑《くしょう》しながらもうなずいてみせた。

「私もですよ。私についてくださったのがエーファさんで、本当によかった」

エーファはハンカチで顔を覆《おお》って泣き出し、フリッツは愉快《ゆかい》そうに笑った。

「んじゃまあ、リクエストにお応えして、お話ししましょうか！　ガキの頃の話なんすけどね、地元じゃ、サイラスさんは無表情魔人《まじん》、こいつは笑顔《えがお》の女帝《じょてい》と恐《おそ》れられていて――」

「やーめーなーさーいっ」

アイリは声を上げて笑ってしまう。

なごやかな雰囲気で、馬車は街へと走る――。


一軒《けん》目、目に留まったアクセサリーショップに入ってみれば。

「いらっしゃいませ！　おお、これはこれはお嬢様、殿方《とのがた》へのプレゼントをお探しで？　では、こちらのスカーフ留めなんていかがでしょう」

笑顔の店長に言われるがまま、豪奢《ごうしゃ》な宝石のついた商品を勧《すす》められるアイリだが、ぴんとこない。

しかし、店長は強引《ごういん》に売り込んでくるものだから、推《お》しに弱いアイリは慌《あわ》てていた。

「あ、あの、ちょ、ま、待ってくださいっ」

「よろしいんで？　もう二度とこんなチャンスはありませんぞ？　これは大っ変な人気商品で、今買わなければ、すぐに売れてしまいますよ！」

アイリの隣にいたエーファが店長に物申すよりも早く——。

「すぐに売れてしまう？　ほんとかなぁ」

のんびりと話に割り込んできたのは、聞き覚えのある男の声だった。

振《ふ》り返れば、そこには顎《あご》に手をやり、首をひねるユリアン・イェルクの姿がある。

「台座がゴールドにしては色味が薄《うす》いように見えるけど——ああ、これメッキだね」

「は、え、ええ！　まあ、なんと目の利《き》くお方で……おっしゃる通りです。しかしですな、ワタシはこの商品が純金製であるとは、一言も言ってませんぞ？」

「うん。僕も、別にメッキのアクセサリーが悪いとは言わないよ。だけどね、これは値段にそぐわないいじゃない？　いいのかな、信用を失うような真似《まね》してさ。もしかして、相手を見てそんなアコギな商売してるとか？」

「ぐぬっ……」

店長は黙《だま》り込んだ。どうやら図星であるらしい。

「行こう、アイリちゃん。ここには、キミにふさわしいものはなさそうだよ」

ユリアンにうながされて、アイリは店の外に出る。

外で待っていたのか、白いフクロウが空中から降りてきてユリアンの肩に止まった。

アイリに向かって撫《な》でてほしそうに首を伸《の》ばしてきたので、フクロウの頭を撫でてやり、アイリは言った。

「あの、ユリアンさん、どうして――」

さっとアイリを背に隠《かく》すように動いたエーファが不審《ふしん》そうなまなざしを向ければ、ユリアンは苦笑した。

「そんな怖《こわ》い顔しないで。このお店、前からあまりいい評判を聞かなかったんだ。そこに知り合いの姿を見かけたもんだから、つい割り込んじゃったんだよ。迷惑だったかな？」

「い、いえ、助かりました。ありがとうございます」

助かったのは本当なので、素直《すなお》に礼を言うアイリに対して、ユリアンはちょっと眉《まゆ》を持ち上げて言った。

「今日はどうしたの？　レディのお買い物なら、女性向けの品が多いお店があるはずだけど。あ、もしかして、ギルハルトくんにプレゼントを探してる？」

アイリはわかりやすく赤面し、ユリアンはうなずいた。

「なるほどね。あの店長、アイリちゃんがまさか銀狼陛下の婚約者だとは思わないし、よもや銀狼陛下への贈《おく》り物だなんて夢にも思っていない。きっと、世間知らずのお嬢様だと思って、ぼったくろうとしていたんだろう」

「そんなことがあるんですね……」

自分の世間知らずぶりを再確認《かくにん》して、アイリはさらに赤くなった。

「んー、じゃあさ、僕の知ってるお店に行ってみる？」

「いいお店をご存じなんですか？」

「アクセサリーのお店なら、何軒かね。何をプレゼントしようとしているの？」

「それが、まだ決まっていなくて。男性は、どういうものを好まれるのかわからないので」

「ギルハルトくんは、何を贈られても相手がアイリちゃんなら喜ぶと思うけどな」

「そ、そうでしょうか」

アイリは照れそうになって、目の前にいる男がギルハルトを恨《うら》んでいるかもしれないのだと、気を引きしめる。

あまり親しく話しすぎない方がいいとは思うのだが、悪意も嫌味《いやみ》も感じないので、つい油断をしてしまう。それに――。

――ユリアンさんがギルハルトをどう思っているか、聞き出すことができたら……。

そうすれば、今後、どう接すればいいのか対策を立てることができるかもしれない。

ギルハルトはユリアンをどうも思っていない、とは言ったけれど、本当は気にしているはずなのだ。そうでなければ、あんな憂《うれ》い顔をするはずがない。

「男向けのプレゼントか……そうだな。僕は旅してることが多いから、いつもこのマント留めをつけているんだけど」

ユリアンが自らの鎖骨《さこつ》のあたりを指さした。

そこには、男性向けのマント留めというより、女性がつけていそうなブローチといってもいいアクセサリーがついていて、中性的で華《はな》やかさのある彼にはよく映《は》えて見えた。

「素敵《すてき》ですね。お似合いです」

世辞でもなければ社交辞令でもないアイリのほめ言葉に、一瞬《いっしゅん》、まばたきしたユリアンは、ぱっと目を輝《かがや》かせる。

「でしょ？　これ、すごくいいでしょ。だけど、ギルハルトくんはお城で詰《つ》めているからね。マント留めよりも、ネックレスとか指輪かな。毎日つけてもらいたいなら、どんなデザインの服の下にでも忍《しの》ばせられる、シンプルなネックレスなんていいかも。どう？」

軽妙《けいみょう》なユリアンの語り口に、ついついうなずいてしまうアイリである。

「私、お恥ずかしいのですが……これまで、お店で自分のお洋服を買ったことがなくて。自分で選んだこともないんです」

亡《な》き母が着ていた古い型のドレスを直して大切に着ていた。何しろ、奢侈《しゃし》を許されない環境《かんきょう》だったのだ。

「ですから、デザインを選ぶのに自信がないというか……うまく陛下にプレゼントを選べるか不安で……」

正直に告白するアイリに対して呆《あき》れるでも軽蔑《けいべつ》するでもなく、ユリアンはにこやかに言った。

「大丈夫《だいじょうぶ》だよ。アイリちゃんは、このマント留めのよさがわかるんだから。お城で暮らしていれば、目が肥《こ》えてくるだろうしね。とりあえず、今日は僕がお買い物に付き合おうか。王都のお店にはけっこう詳しい方だと思うよ。仕事で王都に来るたびに、兄弟に服やアクセサリーを買ってあげてるもの」

「ご兄弟に……」

「うん。僕の兄さん、とっても強くて真面目で自慢《じまん》の兄さんなんだけど、剣術《けんじゅつ》の稽古《けいこ》と戦術や政治の勉強にはいくらでも興味を示すのに、服装に頓着《とんちゃく》しない人でね。放っておいたら、着たきりすずめになっちゃうんだ。上に立つ人間は、舐《な》められたらおしまいだから、装《よそお》いで格好つけるのも大事だって口を酸《す》っぱくして言ってるのに。弟は弟で、頭のいい自慢の子だけど、自分で服なんか選ぼうともしない。ふたりとも僕がいないと駄目《だめ》なんだから」

愚痴《ぐち》っているようで、その実、のろけのようでもあった。

彼らの兄弟仲が、極《きわ》めて良好なのがうかがえる。うかがえるだけに、気にかかる。

「イェルク家のみなさんは、その……」

「ん？　……ああ、もしかして、僕らがギルハルトくんを嫌《きら》っているんじゃないかって気になってる？」

図星を指され、アイリは慌てるが、ユリアンは気にする様子もない。

「別にかまわないよ。そっちの侍女ちゃんからも、警戒《けいかい》されてるみたいだし。もしかして僕、あえて泳がされてる？　妙《みょう》な真似をしたら、接触《せっしょく》禁止の大義名分が立つって寸法かな？」

そう問われたエーファは、にこっと笑うだけで答えない。無言の肯定《こうてい》に、しかし、ユリアンは気を悪くするでもなく、むしろおもしろがるようにくすくす笑う。

「アイリちゃんは、みんなから大事にされているんだね。ああ、そうだ、アイリちゃんは、僕らがギルハルトくんをどう思ってるか知りたいんだっけ。兄弟には、本人たちに聞いてみないとわからないかな。けど、少なくとも、兄さんには心配は不要だよ」

ユリアンは言う。

彼らの祖父は、それはそれは忠義に篤《あつ》い騎士だったのだと。

「兄さんは子どもの頃、じいちゃんについて騎士修行をしていたもんだから、じいちゃん譲《ゆず》りの義理堅《ぎりがた》さが身についてる。母さんはそのじいちゃんのひとり娘《むすめ》でね。母さんはギルハルトくんにはよくお仕えしなさいって僕らに言ってたし。兄さんは母さんが亡くなるときに剣《けん》にかけて誓《ちか》ったもんだから、それに従って忠義を尽《つ》くして国境を警備しているし。弟はどうだろう。ギルハルトくんとは会ったことすらないからなぁ」

愛《いと》おしげに家族を語るユリアンは嘘《うそ》をついているようでもなかった。しかし——。

——あなたは？

多弁なはずのユリアンは、自分自身がギルハルトをどう思っているか、ただの一言も語ることはなかった。

エーファの露骨《ろこつ》に疑う視線が突《つ》き刺《さ》さっても、気にするそぶりも見せないユリアンの案内に従って、二軒目、三軒目、と店を回る。

勧められる商品にもぴんとくるものがないアイリに、ユリアンは辛抱《しんぼう》強く付き合ってくれた。

——いい人だと、思うんだけど……。

「ねえねえ、アイリちゃん？　アイリちゃんも、あの侍女ちゃんと一緒《いっしょ》で僕を疑ってるんでしょ？　それでも同行するのを許してくれてるのって、ギルハルトくんのため？」

「え……」

「僕とお買い物なんてしたら、嫉妬《しっと》したギルハルトくんと気まずくなるかもしれないのにさ。なんとでも言って、僕を振り切ることだってできたよね？　移動するのに、馬車に乗せなければいいだけなのに。つまり、僕の腹を探《さぐ》るために、あえて一緒にいるのかな？」

「ユリアンさんが陛下をどう思っていらっしゃるかは、もちろん、ユリアンさんのお心次第《しだい》です。ですが、できれば……陛下と仲良くしていただけると、嬉しいとは思っています」

王として国をまとめる立場にあるギルハルトに、敵は少ないに越《こ》したことはない。

それに、血のつながりのある兄弟が確かな味方であるならば、何よりも頼もしいものとなるだろう。

「『仲良くしろ』とは言わないんだね。なんで？」

「え？　それは――」

「こんな風に探るような真似しなくても、継承《けいしょう》権も爵位《しゃくい》すら与《あた》えられていない僕らなんて、気に入らなければ叩《たた》き潰《つぶ》せばいいだけでしょ？」

「叩き潰、なんて、そんなことは！」

「えー？　できるんだったら、そうしようと思うよね？」

もしもユリアンが政敵であるのならば。アイリが王妃になって、その必要がある可能性もゼロとは言えない。それでも。

「人の想《おも》いを潰すことは、たやすくありません。禍根《かこん》を残せば、きっとそれは私だけではなく、ギルハルトの治世についてまわるでしょう」

アイリに呪《のろ》いをかけた祖母の無念のように。叔父《おじ》の亡き父に対する妬《ねた》みのように。

「私は、人の心を操《あやつ》ることは誰《だれ》にもできないと知っています。だから、『仲良くしろ』だなんて、そうなってほしいとは願っていても、強制みたいな物言いはできません」

たとえ、それができたとしてもだ。

「ふーん。そっかぁ」

遠くを見るまなざしでユリアンはつぶやいた。

——うう……まだ王妃でもないのに、おこがましいことを言ってしまったわ……。

先を歩くユリアンの背中を見ながら、アイリは反省していた。

ギルハルトとイェルク兄弟との間に横たわるものが何であるかはっきりわかるほど、長くギルハルトと過ごしたわけでもないのに、仲良くしていただけると嬉しい、だなんて身勝手な希望を伝えてしまった。

そんなことをぐるぐる考えながら、馬車に乗り込もうとして、ふと違和感《いわかん》を抱く。

「あれ？　エーファさん？」

振り返ってみるも、エーファの姿が見当たらないのだ。——と。

「アイリ様、逃《に》げてください！」

建物の陰《かげ》から、剣戟《けんげき》のような響《ひび》き、続いて叫《さけ》び声が聞こえる。

「え……？」

「フリッツ……！　アイリ様をお連れして、すぐに城へ戻《もど》りなさい！」

いつでもほがらかな彼女らしくなく鬼気迫《ききせま》る声だった。

「エーファさん……⁉」

アイリは慌てて馬車を降りようとするも――。

「待って、アイリちゃん！」

ユリアンに腕《うで》を摑《つか》まれたとたん、馬車が急発進する。

危《あや》うく馬車の外に投げ出されそうになったアイリは驚《おどろ》きと恐怖《きょうふ》にバクバク音を鳴らす胸を押さえ、そのアイリを腕に抱《かか》えたユリアンは彼女を座席につかせると、強引に扉《とびら》を閉めた。

後方から、私服の騎士たちだろう、鋭い怒号《どごう》と剣戟が遠ざかっていく。

「フリッツさん、どうなさって――」

御者役の名を呼びつつ、御者台の方を覗《のぞ》き込む。しかし、その席にいたのは、フリッツではなかった。ぐったりと、荷台にもたれかかる彼の脇《わき》にはもうひとり、黒衣の男の姿が。

手にしたナイフが、御者台の騎士の脇腹《わきばら》を刺していて――。

アイリは迷わず叫んだ。

「その人から離《はな》れなさい！」

目的は――私？

この黒衣には見覚えがあった。先日、アイリ誘拐《ゆうかい》のときにも姿を見せ、銀狼陛下に襲《おそ》い掛《か》かってきた。そして、今、ギルハルトはここにいない。だとしたら。

「私が目的であるなら、その人に危害を加える必要はないでしょう！　離れなさい！」

激しい怒《いか》りのあまり、いつになく声を荒《あら》らげるアイリに、驚いた様子のユリアンは反対にいつも陽気な声を落ち着かせて言う。

「落ち着いてよ、アイリちゃん。とりあえず、彼らの要求を聞こう」

かなりのスピードで走行中にもかかわらず、客車の天井《てんじょう》や壁《かべ》に張り付いていたのか、ふたりの黒衣の男が車内に入ってくる。

ユリアンもまた刃《やいば》を向けられるが、彼はそれでも落ち着いていた。

「目当てがアイリちゃんだったら、そこの血まみれの彼、殺す理由はないよね。もう動けないだろうしさ。だったら手当させてよ」

男たちは何も答えない。

「キミらの仲間が刺したその彼、銀狼騎士団の一員だよ。銀狼陛下直属の騎士を死なせて彼らのメンツを潰すことがどういうことか、それくらい想像つくよね？」

男たちは視線を交《か》わすと、御者台の仲間に目顔で命じた。彼らは無言で、血まみれの騎士を御者台と客席の間にある連結部から客席に押し込む。

ユリアンは、ぐったりとしたフリッツを受け取り、客席内に引き入れた。ユリアンの腕を汚《よご》すフリッツの血に、アイリは青ざめながらも手当をしようと手を伸ばしかけ――。

「せっかくのおでかけ衣装が汚れるよ」

ユリアンに止められる。

「そんなことを、言っている、場合ではっ」

「大丈夫だよ、僕がやるから。この子を預かっててくれる？」

静かに言ったユリアンが白いフクロウを差し出してくる。フクロウは、人間たちの争乱にも落ち着いていて、おとなしくアイリの肩に飛び乗った。

応急処置を始めるユリアンの手つきはいい。

「一応、兄について戦場に出たこともあるからね」

アイリが血相を欠いているから意識してだろう、のんびりとした口調でそう言う赤毛の男は血に動じていない。

高価そうなマントをこだわりなく割《さ》き治療《ちりょう》に使う彼は、軽薄《けいはく》そうに見えて、どうやら場数を踏《ふ》んでいる。

「意外そうな顔だね。交戦もある国境沿いの騎士団で補佐役やってるんだから、そりゃ少しくらいはできるようになるよ。剣も槍《やり》もからっきしで、役には立たなかったけどさ」

ユリアンは安心させるようにほほえんでみせた。

「うん、彼の命に別状はない。刺されたショックで気を失っているみたいだけどね」

治療を終える頃、速度を落とした馬車がぎりぎり通れるほどの小道に入り、やがて建物の前で停車した。

その建物は、縦に長く白壁《しらかべ》も美しい——窓の数から四階建ての小さな展望塔《とう》といったおもむきだ。

塔の周囲には建物が密集している。住宅地ではなく、商売をしている気配はあるのに人の気配は感じず、まだ昼前だというのに奇妙《きみょう》に静まり返っていた。

「ついてこい」

降りろ、と身振《みぶ》りで示される。それだけ言う彼らの要求はわからない。

アイリは言った。

「フリッツさんをお医者様に診《み》せてください。それができないのなら、安全な場所で安静にしてあげてください。約束してもらえないのなら、私はここを動きません」

しばらく、何事かささやきあった男たち。やがてその中のひとりが短く了解《りょうかい》する。

「いいだろう」

男たちに抱えられて、ぐったりと力ない御者役の騎士が展望塔に運び込まれ、アイリた

ちもそれに続いた。

アイリは、ユリアンと共に白壁の塔の最上階に監禁《かんきん》されてしまった。

白いフクロウも一緒にだ。

──また捕《つか》まってしまった……！

再び、ギルハルトに心配をかけてしまうのか……と、罪悪感に震《ふる》えながら頭を抱えるアイリの座る椅子《いす》の背にフクロウが飛んできて止まると、慰《なぐさ》めるように寄《よ》り添ってくる。

フクロウを撫でてあげる元気もないほど落ち込むアイリに対して──。

「どうしたの、アイリちゃん。気分が悪い？」

気づかわしげなユリアンは、あまり精神にダメージを受けていない様子だ。

「え、あ、いえ。ギルハルトや騎士団のみなさんにご迷惑をかけてしまうのかと思うと、申し訳なさと情けなさで……」

何より、負傷したフリッツとはぐれてしまったエーファが心配だ。剣で交戦していたようだったが、エーファと私服の騎士たちは無事なのだろうか。

──とにかく、ここから逃げ出さないと……。

幸い、今回は拘束《こうそく》されていない。

立ち上がり、窓の傍《そば》へと行ってみる。

この部屋は展望塔の最上階——となると、地上から四階だ。

地上に向かって叫んでみようか、と真剣《しんけん》に考えていると、ユリアンがじっとこちらを見ていることに気が付く。

アイリは気まずい気持ちで、窓の外を指さした。

「どうにか、外に助けを呼べないかなと思いまして」

「いやいや、アイリちゃんさ、他に心配することがあるでしょ」

「あ、そうですね……考えが足りませんでした。おとなしくしていないと、私が縛《しば》られて口をふさがれるでしょうし。ユリアンさんまで拘束されちゃいますよね」

ユリアンは苦笑して、室内をぐるりと目顔で指し示す。

示された先に視線を巡《めぐ》らせて初めて、ようやく、どうやらここが宿泊施設《しゅくはくしせつ》であることに気が付いた。それも、かなり広い。ひとりで寝《ね》るには大きすぎる寝台《しんだい》は、露骨に枕《まくら》がふたりぶん据《す》えられている。

室内には、何やら甘ったるい淫靡《いんび》な匂《にお》いが漂《ただよ》っていて——。

「さっき、僕、血を洗い流しに行ったでしょ。そのとき覗き見てみたけど、ここって娼《しょう》館《かん》街みたいだねぇ。身分ある人がお忍びなんかで使う塔なんじゃないかな。裏口から入るようになってたしさ。それにご覧よ、眺望《ちょうぼう》が計算されている。すばらしい景色だ」

そこまで言われて、ユリアンが言っていた『他に心配すること』に思い至った。

やましいことは、当然、何もない。それでも、婚約者ではない男と一晩、同じ部屋——しかも、高級娼館の一室で過ごしたとなれば？

どういう結果を招くか、に行きついたアイリはさあっと血の気が引いた。

不貞《ふてい》は貴族令嬢《れいじょう》にとって致命《ちめい》的なのだ。

婚約破棄《はき》、の文字が脳裏《のうり》に点灯し、警告音と共に明滅《めいめつ》を繰《く》り返す。

ここから無事に脱出《だっしゅつ》できたとして、口止めを頼めば、ユリアンはそうする男だろうか？

いや、彼は、ギルハルトが傷ついたり、不利益を被《こうむ》ることに心を痛めない。それどころかそれをおもしろがるような反応さえしてみせた。

不貞を疑われたアイリが王宮を去れば？　ギルハルトはどうなってしまうのか……？

「わ、私、すぐに帰らないと！」

アイリが戻らなければ、ギルハルトにオオカミ耳が出たり、イライラしたり、仕事が滞《とどこお》ったり、眠《ねむ》れなくなったり、騎士のみなさんを半殺しにしたり。そして——。

——ギルハルトは、また、独りで苦しむんだ……。

「私がいないと、ギルハルトが困ってしまうんですっ！　だから——」

「そうかな？」

「え……」

ユリアンはゆったりと椅子に座り直すと、窓の外から見える、すばらしい眺望――町の中央の時計塔の向こう、王城の尖塔《せんとう》までを眺《なが》めて言った。

「そもそもキミって身代わり婚約者だったんでしょ？　同じように、キミの身代わりはいるんじゃないかな」

謎《なぞ》の集団に自身も捕まり監禁されたというのに、ユリアンには危機感がまるでない。

あたかも、こうなることがわかっていたかのように。

「私の身代わりというのは、レディ・ヴェローニカ、ですか……？」

「さて、どうだろう」

「ユリアンさんはレディ・ヴェローニカと、仲がいいんです、よね」

慎重《しんちょう》にならなければ。こわばった顔でするアイリの質問に、ユリアンはテーブルに両《りょう》肘《ひじ》をつき、組んだ手の上に顎を置いた。

「もしかして、僕、疑われてる？　ギルハルトと結婚《けっこん》したいヴェローニカと組んで、キミを陥《おとしい》れたって？」

アイリは黙る。

ユリアンは正否を答えない。

ギルハルトを陥れたがっているのなら、正直に答えるはずもない。

「ま、どちらにしても、僕はアイリちゃんとならどれだけ『不名誉《ふめいよ》な』ことになったって かまわないよ。令嬢の名誉を傷つけた責任を果たすために結婚するのが貴族のならいだっていうなら、喜んでお婿《むこ》さんになっちゃうし」

すいと伸びてきた手を、アイリはよけた。

使用人と間違《まちが》われようと腹の立たないアイリは、しかし、これにははっきりと怒りを覚える。

「不名誉なことなんて、起こりませんから」

「ギルハルトくんと同じ、先王の血を引いていても、王サマじゃなきゃ不服かい？　意外と強欲《ごうよく》なんだね」

「私は……」

震えるこぶしを握《にぎ》りしめる。

恋《こい》は戦いだと、クリスティーナは言った。

これは、戦いなのだ。

「ええ、その通りです。私は、誰よりも強欲なんです」

この国を統《す》べる男を——銀狼陛下を独占《どくせん》したい。

それは、この国で一番強欲な人間のすることだ。

決意を固めたアイリは、ギルハルトから贈られた銀の髪飾《かみかざ》りに触《ふ》れる。

——ギルハルトの隣は、絶対に誰にも譲らない……！

「ギルハルトの代わりは、この世にひとりもいませんから！」

「何言ってるの。キミ自身が身代わりだったんでしょ？」

「あの人は私を選んで、私はあの人を選びました。一緒にいると、私たちふたりで決めたんです！」

次男は笑《え》みを崩《くず》さない。

「約束したって？　だけどさ、僕とキミが一晩この部屋で過ごして、銀狼王は同じようにキミを愛することができるかな？」

「それは——」

それは、ギルハルトが決めることだ。しかし、王の婚約者として、あるまじき事態であるのは揺《ゆ》るぎようもない。

「こんなことを黙って見過ごす人ではありません。あなたも、こんなことになって許されると？　兄君が、立場のある方ではないのですか」

ユリアンは国境騎士団長の名代《みょうだい》として、王都を訪《おとず》れている。その最中の不祥事《ふしょうじ》となれば、責任問題は逃《のが》れられまい。

「もしかして、僕を脅《おど》してるつもり？」

「はぐらかさないでください」

「キミ自身には心配することは山ほどあるかもしれないけど、僕の心配なんてしなくてもいいんだよ。この僕だって、純粋《じゅんすい》な被害《ひがい》者なんだから」

「え――」

「やっぱり疑われてるのかぁ。まいったな」

まいった、という割に、やはり全然困っていない様子で――。

――この人、いったい何を考えているの……？

むしろ、アイリの方がよほど困惑《こんわく》していた。

「キミみたいな優《やさ》しくてかわいい女の子と閉じ込められたのはラッキーだと思うし、お嫁《よめ》さんになってくれたら嬉しいっていうのは本当だよ。人には懐《なつ》こうとしないこの子とも相《あい》性《しょう》がいいみたいだし。ね？　シロ」

ユリアンがベッドの上に座っていたフクロウを振り返ってみれば。

「え、シロ……？」

珍しく、彼の声に動揺《どうよう》が混じった。アイリも振り返ってみれば、フクロウはぐったりと力ない。

アイリは慌てて触れてみると、体は温かく心臓も動いている。

「大丈夫、生きてます。どうしたの、シロ？　おなかがすいた？」

「もしかして……この部屋のお香《こう》の匂いが強すぎるのかもしれない」

シロの体を片腕《かたうで》に抱えて、アイリは急いで窓を開ける。

よく磨《みが》かれたガラス窓は換気《かんき》のためにしか開かないように設計されているらしく、ようやくこぶしふたつ分くらいの隙間《すきま》を作ってやれば、外の新鮮《しんせん》な風が吹《ふ》き込んできた。

——この窓から外には出られないか……。

たとえば窓を割るなりして出られたとしても、とても飛び降りられる高さではない。見下ろす壁面《へきめん》は、伝って降りられる手がかりすらない、のっぺりとした白壁だ。

そんなことを考えているうちに、室内の香の匂いが和《やわ》らいできて、シロは少し楽になったようだ。アイリに無事を示すように翼《つばさ》をはばたかせてみせる。

この誘拐に巻き込んだせめてもの詫《わ》びにと、ポケットから焼き菓子《がし》を取り出したアイリはそれを食べさせてやろうとして、ふとユリアンに問うた。

「本で読んだことがあるんですが、フクロウって肉食で、ネズミだとか小鳥だとかの小動物が餌《えさ》なんですよね。焼き菓子を食べさせてもいいんですか？」

「いいと思うよ。そもそも、食べたくないものには見向きもしないし、この子、ちょっと変わってるから。フクロウって夜行性のはずなのに、今だって平気で起きてるでしょ？マイペースなんだよ」

「ユリアンさんには、よく懐いているんですね」

「懐いているのはキミにだよ。僕には、単についてきているだけ」

「ユリアンさんが飼っているんじゃないんですか？」

「違うよ。少なくとも、シロは僕に飼われてるつもりはないんじゃないかな。彼は賢者《けんじゃ》の森から出てきて、そのまま僕にくっついてきちゃったから」

賢者の森、と聞いて、アイリはぎょっとした。

手にしていた焼き菓子を落としそうになりながら、思わず声を上げる。

「け、賢者の森って！　王領地の絶対禁猟《きんりょう》区ではないですか⁉」

賢者の森とは、はるか昔、月の聖女が守っていたとされる森である。

そして、狼神《ろうしん》と月の聖女が聖なる契約《けいやく》を交わしたという伝説の遺《のこ》された、禁猟はおろか、立ち入ることさえ許されていない禁足地――いわゆる『聖地』とされている森である。

「そ、そんなところから連れてきちゃったんですか……？」

恐る恐る確認を取るアイリに向かって、ユリアンは心外だとばかりに唇《くちびる》を尖《とが》らせた。

「だーかーらー、シロが勝手に森を出てきて、僕についてきてるだけなんだってば。僕が捕まえて無理やり連れてきたわけじゃないよ。足環《あしわ》でつないでなんかないでしょ？」

フクロウは、そいつの言う通りだ、とでもいうように、アイリを見上げて宝石のように美しい金色の虹彩《こうさい》の瞳をまばたいてみせる。

つくづく、どこまでが真実で、どこまでが冗談《じょうだん》で、どこまでが嘘なのかわからない。

わからないものをいつまでも考えていても仕方がない。

──ともかく、私にできることをしなくちゃ……！

窓の外を見てみれば、太陽は中天から傾《かたむ》き始めている。

──なんとしてでも日が暮れる前に、ここから出ないと！

王都では、今日も建国祭を催《もよお》しているはずだが、このあたりは人通りが少ないどころかないに等しかった。大通りから外れた、この娼館街が賑《にぎ》わいを見せるのは、陽が落ちてからだろう。

──でも、それじゃ遅《おそ》い。そもそも窓の外に叫べないし。

誰かに見つけてもらう前に、アイリたちを攫《さら》った犯人に止められるのは間違いない。

ユリアンが敵か味方かわからない。味方だったとしても、腕っぷしに自信はないと言っていた。下手に暴れて、犯人に昏倒《こんとう》させられでもしたら？　もう打つ手がなくなる。

陛下には植木なんかのクッションになりそうなものはなく、飛び降りれば重傷どころか、ほぼ確実に生きてはいられないだろう。

生きて戻る。必ず、ギルハルトの元へ……！

ユリアンがにこにこ見守っているのを尻目《しりめ》に、アイリは必死で頭を働かせた。

──シロに頼んで、助けを呼んでもらおうか？

いや、いくら街中にいるのが珍《めずら》しい鳥とはいえ、フクロウは口が利《き》けない。

たとえ王宮まで飛んで行けたとしても、的確な人物に助けを求め、ここまで案内するなんて無茶というものだ。

菓子をついばむフクロウを撫でてやりながら、アイリは恐る恐る言った。

「あの……ユリアンさんは、この誘拐に本当に関係がないんですか？」

誘拐犯たちは、ユリアンに対して明らかに優遇《ゆうぐう》していた。

「シロを、取り上げられませんでしたし」

ユリアンが交渉《こうしょう》した結果、フリッツの応急処置も許された。手当で血に汚れた手を洗いたいという申し出だって無視されなかった。

アイリがした、エーファの無事が知りたいという望みは無視されたのに……。

自滅覚悟《じめつかくご》でぶつけたアイリのぶしつけな疑念に対して、彼は怒《おこ》るでもなく苦笑してみせた。

「シロを下手に殺そうとしたり逃がしたりしたら、逆に証拠《しょうこ》が残る。足がつくと思ったんじゃないかな？　……まあ、正直なところ、僕の方にはキミとこうして攫われるメリットがあるよね。ギルハルトくんの困る顔が見たいんだもの」

まるでいたずら感覚だ。

「それは……不忠にあたりませんか」

「えー、なにそれ。不公平だなぁ。同じ兄弟なのに、片や王様。片や僕らはど田舎の辺境で、命がけでこの国のために働いているっていうのにさ」

瀟洒《しょうしゃ》なデザインのテーブルに頬杖《ほおづえ》をついた格好のまま、彼は笑顔で言った。

「僕の母さん、あの人の母親に殺されそうになったことがあるんだよ。あれ？　驚かないんだね。この話、もう知ってた？　ギルハルトくんに聞いたかな」

「……はい」

「そっか。毒物を使った暗殺だったんだ。どうもその毒、人狼《じんろう》の血を引く人間にしか効かない特殊《とくしゅ》な毒だったみたいでね、巻き込まれた僕の弟は毒の後遺症《こういしょう》で長患《わずら》いしてる」

毒では被害がなかったユリアンの母はしかし、弟のことでひどく気を病《や》んだという。

「それから、先王もおかしくなっちゃったみたい。ルプス王って、代々、決して他所《よそ》の女に浮気《うわき》しない、人間離《ばな》れした膂力《りょりょく》に優《すぐ》れた王だって有名だけど、自分はそのどちらにも当てはまらないからって、コンプレックス持ってたらしいんだ。母さんの暗殺未遂《みすい》をきっかけに、現実逃避《とうひ》を始めたんだよ。自分に都合のいいことだけを言ってくれる佞臣《ねいしん》しか周りに置かなくなって、金遣《かねづか》いが荒くなるわ、正妃《せいひ》との関係はどんどん底まで悪くなるわ」

仕方ないよね、とでもいうように困り顔で笑うユリアンは、いにしえの契約について調べたという。

「ルプス王家には、お抱えの暗殺集団が存在するんだってさ。彼らは、人狼の血を引く者が、現王を脅《おびや》かすときにだけ使うことが許される特殊な毒薬を持っている」

なぜなら、人狼の血を引く者は強靭《きょうじん》だ。ちょっとやそっとでは殺せない。そこで登場する『人狼にだけ効く特殊な毒』は、厳しい使用制限がついているという。

〝現王を脅かす人狼の血を引く者——王の兄弟、親族など——が現れたときにだけ、使うことが許される〟

ましてや、一般人《いっぱんじん》に使うなど言語道断《ごんごどうだん》。ところがギルハルトの母は、それらの制限を無視したのだ。人狼の血の流れないユリアンの母親と、現王を脅かそうなどしていないほんの幼子に対して、その毒薬を使った。

「その結果として、あの女は呪われたんだよ」

「呪われた？　あの女って——ギルハルトのお母様、ですか……？」

「そう。あの女は過剰《かじょう》に恐れた末に、自滅《じめつ》した」

息子《むすこ》が王位を継《つ》ぐのを阻《はば》む者の存在を激しく憎悪《ぞうお》すると同時に、自分の地位を脅かす者としてひどく恐れた。

先走った末に、禁忌《きんき》を犯《おか》した。

いにしえの契約に反したのだ。

「正妃は、病死ということになっているけど、本当は呪われて死んだんだ！　自業自得《じごうじとく》ってわけさ！」

傑作《けっさく》の笑い話でもするようなユリアンの語り口に、アイリは震えた。

その顔色に気づいたのか、ユリアンは口調を柔《やわ》らかなものへと改めて言う。

「なーんてね。僕は昔の契約だのなんだのどうでもいいんだよ。うちの兄さんはあの女の息子に、絶対の忠誠を誓っている。うちの弟は、あの女のせいで、一生五体不満足。それなのに、ギルハルトくんは英邁《えいまい》で比類なき王？　銀狼陛下なんて呼ばれて尊ばれてさ。それで、僕はずっと思ってたんだよ。なんでこんなに不公平なんだろう、って」

どんなに語り口を優しくしても、その言葉にはにじむものがある。正妃が死んでなお、憎《にく》しみはユリアンの中に取り憑《つ》いているのだ。

「ギルハルトくんの大事なものを奪《うば》ってやったら？　ちょっと見てみたいな、って思うじゃない。どんな顔すると思う？　ねえ、アイリちゃん」

挑発《ちょうはつ》を宿した緑色の瞳がアイリを見つめる。

リュートを弾《ひ》く器用な男の長い指が、アイリの青ざめた頬に伸びてきて――その時である。

外から、歌が聞こえてきたのは。

これは――。

「――遠吠《とおぼ》えの、恋歌《こいうた》……？」

閑散《かんさん》とした裏通りに、朗々《ろうろう》とした美声が響き渡《わた》った。

その清涼《せいりょう》でいて、切ないものを含んだ歌声はどこか心を震《ふ》わせるものがあって――。

アイリははじかれたように立ち上がると、窓の外を確認した。

重たそうなマントに、目深《まぶか》にかぶった帽子《ぼうし》。吟遊詩人《ぎんゆうしじん》の衣装をまとう男が通りの向こうを歩いているのが見えている。

なにごとだ、とでもいうようにフクロウが羽ばたいてアイリの立つ窓辺の窓枠《まどわく》に止まって一緒に外を覗き込む。

遠吠えの恋歌は、二人一組で歌うものだ。

しかし、窓の外の男の美声には、どれだけ歌っても応じる声はなく、それがまたこの歌を知る者には切なさを覚えさせた。

誘《さそ》うような呼ぶような、あたかも愛おしいものに訴《うった》えかける。その切なる歌声は不思議な色気をはらんでいて、魅了《みりょう》されたように、そこかしこの娼館の窓から次々と女性が顔を覗かせた。

その光景にユリアンは瞠目《どうもく》しながらも、笑い出す。

「どうしたんだろうねぇ、彼。祭りの通りから外れた、こんなところでさ。恋人募集《こいびとぼしゅう》でもしてるつもりかな？」

アイリはそれに応えない。

何かに突き動かされたように髪飾りを外すと、窓枠に止まってアイリの視線の先を見ていたフクロウにそれを持たせる。

「お願いよ、シロ。ここを出たらたくさんお菓子を食べさせてあげる。だから、絶対に落とさないで。間違いなく、歌っているあの人にこれを届けて――！」

了解を示すようにひとつ瞬《またた》きをしたフクロウはしっかりと髪飾りを摑むと、窓の隙間から外に飛び出し、大きく翼を広げた。

白い鳥が宙を滑空《かっくう》する――あやまたず、恋歌を歌う男の元へ！

吟遊詩人はフクロウの持っている髪飾りのきらめきに気づくと、視線をアイリのいる建物の上階に向けた。

アイリは唇だけを大きく動かし、伝える。

『助けて……！』

詩人は口元を笑わせた。

当然だ、とでも言うように。

着ていたマントと帽子を勢いよく脱《ぬ》ぎ捨てれば、現れた銀髪《ぎんぱつ》が風になびく。

颯爽《さっそう》と走り出したのは――。

――ギルハルト……！

やはり、歌っていたのはギルハルトだったのだ。

アイリの姿に視線を向けたままひた走ってくる。

鋭く指笛を吹けば、路地のそこかしこから現れた男たち――銀狼騎士団員が彼に倣《なら》い、アイリたちの囚《とら》われた塔へと一斉《いっせい》に駆《か》けつけるのだった。

6. 彼女の覚悟、戦いのゆくえ

それから三日後。

アイリ・ベルンシュタインの姿が宮廷《きゅうてい》から消えた、という噂《うわさ》がささやかれ、伯爵令《はくしゃくれい》嬢《じょう》ヴェローニカ・マルテンシュタインが王宮を訪《おとず》れていた。

応接室で応対するのは、首席近侍長《きんじ》サイラスだ。

「せっかくご足労いただいたのに、誠《まこと》に申し訳ございません。陛下は焦燥《しょうそう》が激しく、とても謁見《えっけん》ができる状態ではないのです」

人払《ばら》いを済ませた彼は、いかにも内内にというように声をひそませる。

無表情で無感動――気味の悪い男だわ……、と内心思いながらもそれをおくびにも出さず、ヴェローニカは楚々《そそ》として言った。

「陛下が動揺《どうよう》なさるのも、無理はありません。わたくしも、いまだに半信半疑ですのよ」

「アイリ様の居所について心当たりがあるとは、本当ですか。レディ」

神妙《しんみょう》にうなずき、ヴェローニカは証言する。

「ユリアン・イェルク様とアイリ・ベルンシュタイン様が、娼館《しょうかん》で密会をしていたと、わたくしの使用人が申しておりますの。おふたりそろって、そういった目的の宿に入っていくのをたまたま目撃《もくげき》した、と」

その使用人は、たびたびマルテンシュタイン伯爵家のタウンハウスを訪れていたユリアンの顔をよく知っているし、婚約《こんやく》式後のお披露目《ひろめ》でアイリの顔も知っている。

「残念なことですが、間違《まちが》いないでしょう。ああ……なんておかわいそうな陛下！」

口元を手で覆《おお》うヴェローニカは、悲劇を目の当《ま》たりにしたというように、しとやかに涙《なみだ》する。

「婚約式を盛大《せいだい》に執《と》り行《おこな》ったというのに……アイリ様も、考えてみればお気の毒だわ。王妃《おうひ》になる、という重圧に耐《た》えられなかったのね――」

――だって使用人みたいなことしかできない、地味な娘《むすめ》でしたもの。

とは口には出さない。

僻《ひが》みっぽい女たちの結束を高めたり、その女たちを使って精神的な攻撃《こうげき》をさせるならともかく、何を考えているかわからない男に聞かせたところで不利益にしかならないからだ。

「しかし、信じがたいことです」

さすがにうろたえているのだろう、無表情ながらも近侍長は、わずかに伏《ふ》し目でつぶやいた。

同情するように、ヴェローニカはうなずきを返す。

「ええ。わたくしも、とてもとても信じられません……ユリアン様と婚約者様がみつかり次第《しだい》、ぜひ、おふたりにお話をうかがってくださいませ」

「そうしたいのはやまやまですが、ご帰還《きかん》を待っている余裕《よゆう》がないのです」

サイラスは小さくため息をつく。

「我が陛下は、ショックが大きく不安定になっておいでです。レディ・ヴェローニカ。図々《ずうずう》しいお願いだと承知して、申し上げます。陛下をお慰《なぐさ》めしてはいただけませんか」

「わたくしが？」

「先日の、陛下があなた様に対してとった無礼、私からお詫《わ》び申し上げます。なにとぞ、お力をお貸しいただきたく」

深々と頭を下げてのサイラスの懇願《こんがん》に、ヴェローニカは気分がいい。

笑い出したいのをこらえながら、彼女は言う。

「ええ、わたくしでできることでしたら。ルプス王家に忠誠を捧《ささ》げる身として、なんでも協力いたします」

「なんと……お心の広さに敬服します」

それでは、と、サイラスはさらに声をひそめて言った。

「陛下にお会いになる前に、お伝えしておきたいことが。ここだけのお話にとどめておいていただきたく——宮廷としては醜聞《しゅうぶん》が広がらないうちに、すみやかに新たな婚約者を選定したいのです」

「新たな婚約者？　まあ……！」

驚《おどろ》きに目を見開いてみせながら、ヴェローニカは内心でガッツポーズをかましていた。

大勝利！　と快哉《かいさい》を叫《さけ》ぶ彼女は、もちろん、それを表に出すことなく、いたましげに眉《まゆ》をひそめてみせる。

「たしかに、わたくしは、婚約者様と同等に月の聖女の血を引いてはいますが、ベルンシュタインの名を継《つ》いでいません」

「我が陛下は、名よりも実を取るお方。問題ではありません」

「さすがは初代ルプス王の再来と呼び声高い、賢明《けんめい》なる銀狼《ぎんろう》陛下ですわ」

「その通り。表面だけにとらわれるお方ではないのです。その証拠《しょうこ》に、アイリ様は当初、身代わりでした。まさか、こんなことになるとは夢にも思いませんでしたが……」

アイリ・ベルンシュタインが身代わりでありながら認められたのは、《儀式《ぎしき》》とやらを通過したからだと説明を受ける。なるほど、とヴェローニカは得心《とくしん》がいった。

——だからあんな貧相《ひんそう》な女でも、婚約者に収まることができたのね。

おかしいと思っていたのだ。

そもそも、クリスティーナ・ベルンシュタインみたいな愚《おろ》かで下品な女が王妃になれるなんて毛の先ほども思っていなかった。あの性悪が露呈《ろてい》して追い出されると確信し、自分は王妃教育を受け続けてきたのだ。

ところが、その姉が正式に婚約したというのだから……その報《しら》せを受けたとき、ヴェローニカは驚きのあまり、ひっくり返った。比喩《ひゆ》ではなく、本当に椅子《いす》から転がり落ちたのだ。

——ああ、ばかばかしい！　わたくし、あんなにも努力してきたのに、運だけの貧乏《びんぼう》くさい女にかっさらわれるなんて、冗談《じょうだん》じゃない！　まあ、わたくしは愚かじゃないからこそ、こうやって着実に手を打ってきたわけだけれど。

この世は念入りに計画を立てる、賢《かしこ》い人間だけが勝ち残るのだ。

欲《ほっ》するものにこそ与《あた》えられる。その結果、こうして自分は勝利を摑《つか》みつつある。

再び、笑い出したくなるのを彼女は必死でこらえた。

あの麗《うるわ》しい男が——銀狼陛下が、この自分の隣《となり》に並び立つのだ！

『暴君に成り下がった』なんて噂が立ったけれど、宮廷人というのはすぐにものごとを大げさにとらえて大騒《おおさわ》ぎする人種である。

狂暴《きょうぼう》化するといっても、どうせ、仕事のストレスで癇癪《かんしゃく》を起こす程度のものだろう。そのくらいどうとでもいなすことはできる。

何より、いかにも清廉《せいれん》を装《よそお》った女に最悪の形で裏切られたのだ。上手に慰めることができさえすれば、自分にどっぷり依存《いぞん》させられるに違《ちが》いない。ヴェローニカなしでは生きられないほどに。

贅《ぜい》を尽《つ》くしたドレスとアクセサリーに身を包んだ自分を夢想する。

ああ、たまらない！

――ルプス国のすべての者どもが、銀狼王さえも、このわたくしにかしずくのよ……！

ヴェローニカがほくほくしながらサイラスの案内に従えば、頬《ほお》を青ざめさせた侍女《じじょ》たちがずらりと居並んでいる。

無言で、ぞろぞろと歩いて王宮を出ていく彼女らに倣《なら》う。

すでに陽が落ちかけて、あたりは薄暗《うすぐら》く曇天《どんてん》だ。

遠い空からごろごろと雷鳴《らいめい》がとどろく中、ヴェローニカに侍《はべ》る全員が、お通夜《つや》のように暗い顔をして向かった先は聖殿《せいでん》と呼ばれる場所だった。

殿内の廊下《ろうか》を歩く侍女たちは、ひそひそとささやきあっては、怯《おび》えたような目をヴェローニカに向け、ヴェローニカがそちらを睨《にら》みつければ、さっと視線を外される。

――一体、なんだっていうの……？

彼女たちの中で、たったひとりだけ不自然なほど朗《ほが》らかに笑っている侍女の姿があった。

「わたくし、アイリ様付きの侍女頭《がしら》を仰《おお》せつかっておりました、エーファと申します」

「あなた、何を笑っているのかしら？」

「はい。わたくし、月の聖女様にお仕えするために王宮《ここ》におりますの。ご安心くださいませ。聖女様を害するものは、誰《だれ》であっても排除《はいじょ》します。何人《なんぴと》たりとも許さない──例外は、ありませんわ」

張り付けた笑顔《えがお》で侍女頭は言う。

「それではヴェローニカ様、幸運をお祈《いの》りしています」

どん、無遠慮《ぶえんりょ》に背を押された先は、さらに暗く冷たい石造りの部屋の中。

文句を言おうと振《ふ》り返ると、エーファだけが笑顔で手を振り、青ざめる女中が怯える目をして逃《に》げるようにはけていく。

「ふん、無礼な侍女どもだわ。全員、罷免《ひめん》にしてやるんだからっ」

ひとりきりになったと思って吐《は》き捨てるヴェローニカのすぐ傍──、

「──あなた様は、本物の月の聖女様でございますね？」

「きゃあああああ⁉」

ぬぼうっと幽鬼《ゆうき》のように現れたのは、手に燭台《しょくだい》を持ったサイラスだった。

外から雨が降る音がし始めたかと思うと、それはすぐにどしゃぶりの轟音《ごうおん》となる。

これも王妃に収まるための通過儀礼《ぎれい》というのなら、怯え一つ見せたら負けということか。

息を吸って吐いたヴェローニカは、眉一つ動かさずに悠然《ゆうぜん》とうなずく。

「わたくしが本物であるかは、これからわかることでしょう。ただ、はっきり申し上げられるのは、アイリ・ベルンシュタインはまがいものということ。ひとりの伴侶《はんりょ》を愛しぬくと言われる狼神《ろうしん》の子孫を——銀狼陛下を裏切りましたもの。それこそが証左《しょうさ》でしょう」

「あなた様自身にお覚悟があるかと、お尋《たず》ねしています」

「え、ええ……当然ですわ！」

「それは僥倖《ぎょうこう》。私も寝覚《ねざ》めが悪くならずに済みそうですよ——ああ、レディ。最初に申し上げておきましょう。こちらの壁《かべ》をご覧になってください」

「なんですの？」

「これらはすべて、人狼《じんろう》の血に心乱された陛下によってつけられた痕跡《こんせき》です」

カッ！　と、稲光《いなびかり》が一瞬《いっしゅん》だけ室内を照らし出す。

石壁《いしかべ》には、何やら膨大《ぼうだい》な数の不自然なえぐれや傷がついていて——。

「ひっ、い」

その禍々《まがまが》しさに喉《のど》を引きつらせるヴェローニカ。

「あなた様が本物の月の聖女であれば、陛下の爪《つめ》に掻《か》っ切られることも、牙《きば》にかみ殺されることもないでしょう」

「掻っ切……噛《か》み殺さ——」

「すでに申し上げましたが、陛下は精神的に大変な不安定……よりにもよって、そんな日にこの儀式に挑戦《ちょうせん》しようとは……勇敢《ゆうかん》なレディですね。私、感服しました！」

くつくつと喉で笑う。無表情のままで。

ヴェローニカは恐怖《きょうふ》し、サイラスが頭を下げたと同時、ふっとろうそくの炎《ほのお》が消えた。

暗転。

稲光に照らし出された室内に、しかし、サイラスの姿はどこにもない。

カツーン、カツーン、と長靴《ちょうか》の音が近づいてくる。

ぐるるるる、と、獣《けもの》のうなるような不吉《ふきつ》な声。次の瞬間《しゅんかん》――。

ドカ――――ン！

すさまじい音を立てて、扉《とびら》が吹《ふ》っ飛ばされ壊《こわ》されたではないか。

輝《かがや》く稲妻《いなずま》が、長身の男を照らし出す。

精悍《せいかん》な面差《おもざ》し、銀色の髪《かみ》、頑健《がんけん》な体――間違いなく、誉《ほま》れ高き銀狼陛下の姿であるが、そのまなざしだけが、ぎらぎらと怪《あや》しく輝いている。

ひとにあらざる、銀色に――。

「っ、いっ、っ!?」

もはや悲鳴すら上げられず、ヴェローニカは喉をしゃくりあげる。

相変わらず、土砂《どしゃ》降《ぶ》りの雨が屋根を叩《たた》きつける轟音が響《ひび》く中――。

「……貴様か？　貴様が、奪《うば》ったのか――？」

カツーン、カツーン、と長靴を鳴らして長身の影《かげ》が近づいてくる。

腰《こし》を抜《ぬ》かし、後向きに地べたを這《は》う。ガタガタ震《ふる》えながら、必死で逃げようとするが、無情にも彼女の背は冷たい石壁に行きついた。

逃げ場はどこにもない。

「あ、や、——」

「答えろ……貴様が、この俺から妃《きさき》を——アイリを奪ったのか……？」

「ち、ちがっ、わたくしはっ、わたくしこそがっ、あなた様の妃に——」

「ほう、おもしろい。貴様が俺の妃なら、この抱擁《ほうよう》を受け入れられるというのだな？」

銀狼王が、大きく振り上げた腕《うで》が石壁を殴《なぐ》りつけた。

恐《おそ》る恐る振り向《む》けば、頑丈《がんじょう》なはずの壁は、こぶしの形に大きくえぐれている。ばらばらと、破片《はへん》がヴェローニカの頭に肩《かた》に降り注ぎ、蒼白《そうはく》になった哀《あわ》れな令嬢の——。

「ひぃ、ぎっ……、ぎゃああああああああああああ!!」

すさまじい悲鳴が、王城内にとどろいた。

身も世もなく泣きながら、扉に向かって必死で這って逃げようとするヴェローニカは、しかし、破壊《はかい》された扉の向こうにいるふたりの人物に、動きを止めて驚愕《きょうがく》する。

「あ、なた、たち、は——っ」

そこに立っていたのは、マルテンシュタイン伯爵家が誘拐《ゆうかい》させていたはずのふたり——アイリ・ベルンシュタインとユリアン・イェルクだった。

「アイリ・ベルンシュタイン⁉　な、なんで、ここにっ」

「銀狼陛下が、私を助けてくださったからです」

毅然《きぜん》とした表情で、アイリは前に出て言った。

「レディ・ヴェローニカ。私とユリアンさんを攫《さら》った黒衣の者たちの身柄《みがら》は確保済みです。私の失踪《しっそう》は、あなたがたの企《たくら》みだと――マルテンシュタイン伯がたくらんだ誘拐事件だと証言を得ています」

青ざめ、震えるヴェローニカは、アイリに震える声で問う。

「じゃ、じゃあ、あなた、本当は、王宮に帰ってきていたの？　わざと、身を隠《かく》して、わたくしを陥《おとしい》れたというの……⁉」

「その通りです」

「はっ、ふふ、はは……なんなのよ、あなた！　おとなしい顔をして、とんだ性悪《しょうわる》だわ！」

嘲笑《ちょうしょう》と共に言い放つヴェローニカの言葉に、アイリは動じない。

「なんとでもおっしゃってください。私は、あなたを許しません。私からギルハルトを奪おうとしたんですから」

堂々と言い放つアイリ・ベルンシュタインは、茶会で目にしたほんの少しの嫌味《いやみ》でうろたえていた気弱そうな娘とは、まるで別人だった。

その別人のように毅然とした令嬢に寄り添《よそ》うのは、銀狼王だ。先ほどまで殺気立ったさまが嘘《うそ》のように、彼は穏《おだ》やかなまなざしをしていて、ヴェローニカは驚愕する。

「陛下……？　ま、さか、あれは演技……？」

「当然だろうが」

演出のために乱していた銀髪《ぎんぱつ》を手櫛《てぐし》で整えたギルハルトは、アイリの腕に触《ふ》れる。

「言っただろう、俺にはアイリがいると。アイリがいる限り、俺は二度とは『暴君』にならん」

腕に触れた王の手に、アイリは手を重ねた。

そして、胸を張って宣言する。

「ギルハルトの婚約者は、この私です！　ギルハルトは私の旦那《だんな》様になるんです。だから、あなたには渡《わた》しません」

「っ、――っ」

陥れられた屈辱《くつじょく》と、言葉にならない憤《いきどお》りに、醜《みにく》く顔をゆがめるヴェローニカに対して、ユリアンが言った。

「残念だったねぇ、ヴェローニカ。キミってば、アイリちゃんを侮《あなど》りすぎてたみたいだ」

ぎりぎりと歯噛《はが》みしながら、ヴェローニカはユリアンを呪《のろ》い殺しそうな勢いで睨みつける。

「ユリアン・イェルク……！　あなた、どうして――銀狼王を恨《うら》んでいるのでしょう⁉　なのに、どうして手を貸すような真似《まね》を⁉　わたくしを裏切りましたの……⁉　あなたのお兄様を王にしたくはありませんの⁉」

血を吐くような慟哭《どうこく》に、しかし、ユリアンはけろりとして答えた。

「別に、したくないけど」

「……へ？」

「王になりたいなんて、僕の兄さんも僕も、一言も言ってないよ。勝手に勘違《かんちが》いして、僕らに近づいたのは、キミたちだ」

「はあああああ⁉　マルテンシュタインは、辺境騎士《きし》団に軍資金を出してあげたでしょう⁉　あなたがた、恩をあだで返すつもりですの⁉」

「そう、それだよ、それ。いちいち恩に着せるところ、正直なところすっごくウザかったんだよねー。キミの父上、僕の兄さんを王に仕立て上げて、利権を得ようとしたがってたみたいだけど、ほんとに迷惑《めいわく》してたんだよ。宮廷から、よけいな詮索《せんさく》される羽目になったし。だから、マルテンシュタインが宮廷から追放されてくれれば、静かになるなーって思ってたところなんだ」

ユリアンは、くすくす笑う。

「たまたま巻き込まれたけど、ご愁傷《しゅうしょう》さまだね」

「なるほどな」

ギルハルトはため息交じりに言った。

「マルテンシュタイン伯とレディ・ヴェローニカは、こいつを利用した気になっていたんだろうが……反対に陥れられたって寸法か」

「な、な、なんですって……？」

「人聞き悪いな、ギルハルトくん。たまたまだって言ってるのにぃ」

「ユリアン、あなた、最初から、そのつもりで――」

答えの代わりに、にこ、とほほえみで返し、それに激昂《げきこう》したヴェローニカが摑みかかろうとするが、騎士に取り押さえられ、引っ立てられて行く。

婚約者の座を狙《ねら》い、アイリ・ベルンシュタインを陥れようとした伯爵令嬢の破滅《はめつ》の叫びが、雨の降りしきる王城中に響き渡るのだった。

ユリアンが国境騎士団へ帰還するため王都を発《た》つ日、アイリは城門に見送りに来ていた。

「ユリアンさん。お元気で」

「うん。アイリちゃんとギルハルトくんも……って、ギルハルトくんは見送りに来てくれないんだね」

「陛下はお仕事で……」

「そっか。まあ、今回はギルハルトくんよりも、アイリちゃん目当てに王都に来たようなものだから、いいんだけどね」

「私、ですか？」

ユリアンはにこっと笑って言う。

「キミが、僕の兄弟を殺すような王妃かどうかを見極《みきわ》めておきたかったんだよ」

「こ、殺す、なんて――そんなこと、私には」

「できない、なんて言わないでよね。言ったでしょう？　僕の母と弟は、正妃《せいひ》によって暗殺されそうになった。《猟犬《りょうけん》》をけしかけられてね」

「《猟犬》……？」

「王家はお抱《かか》えの暗殺集団が存在するって言ったでしょ。人狼の血を引く者を狩《か》る、まさに《猟犬》さ。その《猟犬》を動かす権限を握《にぎ》るのは、正妃だけなんだ」

「へ……ええ？」

「驚いたでしょ。アイリちゃんは、やろうと思えば銀狼王に弓引く者に対して、暗殺者を差し向けることができるってこと」

ユリアンの兄が王に推《お》されたという事実があっただけでも、王座を脅《おびや》かすと難癖《なんくせ》つけて敵対していると解釈《かいしゃく》しようとすればできるのだ。未来の王妃たるアイリと、イエルク家の兄弟たちとは、危《あや》うい関係であるということで——。

アイリは息を飲んだ。

その表情に、ユリアンはほほえみを返してみせる。

「アイリちゃんに会いに来ておいて、正解だった。色々とありがとう」

「私も……ありがとうございました。ユリアンさんに教えていただかなかったら、知らずにいたことがたくさんあったと思います」

「知らない方がいいと判断したから、ギルハルトくんは教えてないんだと思うけどね」

優《やさ》しいギルハルトのことだ。ユリアンの言うように、血なまぐさい役割を背負わせたくないと、あえて伏せているのだろうが——アイリは首を横に振る。

「いいえ。私、ギルハルトの傍《そば》にいるって決めました。だから、そのために必要であれば、知っておきたいんです」

「アイリちゃんはさ」

しばらくアイリをじっと見つめていたユリアンは、やがて言った。

「ふたりして閉じ込められたとき、真っ先に一緒《いっしょ》に閉じ込められた僕の心配をしてくれたよね。それから、ギルハルトくんの心配をしたり、作り笑いの侍女ちゃんや、刺《さ》されて気の毒だった騎士くんの心配をしたり。一度も、自分の心配をしなかった――だから、ちょっとは自分の幸せを考えた方がいいんじゃない？　って思ってたけど、ヴェローニカに対しての啖呵《たんか》を聞いて、大丈夫《だいじょうぶ》そうだなって考え直した」

「私、自分の心配をしなかったわけでは、ないんです」

「そうなの？」

「ギルハルトがいるから、何があっても大丈夫だって、そう信じていたので」

ユリアンは、ぶはっ、と思わずというように噴《ふ》き出すと、盛大に笑った。

「あっはっはっは！　のろけられちゃったよ！　本当に僕の杞憂《きゆう》だった！」

顔を首筋まで赤らめ、恥《は》じらいに小さくなるアイリに、ユリアンは笑いを収めて言った。

「だけどね、アイリちゃんがアイリちゃんでよかったよ。もしもキミが、僕を庶子《しょし》であると蔑視《べっし》し排除し、イェルク家を叩き潰《つぶ》そうとする女だったなら、僕はあの場でキミをどうしていたかわからないから」

赤かった顔を青ざめさせ、アイリはじりじりと後ろに下がる。

「ごめんごめん、冗談だって。半分は」

「は、はんぶん……」

「ああ、もう、ほんとに冗談だよ！　怯えないで」

しかし、ユリアンが放ってはおけなかったのは本当だ。

兄弟にどんな被害《ひがい》が及《およ》ぶかわからないかぎり。悲劇を繰《く》り返さないために。

「じいちゃんもいなくなっちゃったし、母さんもいない今、僕には兄弟しかいないからね。何にも代えられない。何があっても守ると決めたんだ。これは、母さんとの約束なんだよ」

と、ユリアンは旅装のマントにつけているマント留めを指さす。

「これね、本当はマント留めじゃなくて、女性ものブローチなんだよ。母さんの形見」

それは、アイリがほめたら目を輝かせて喜んだブローチで。

「僕の話を真剣《しんけん》に聞いてくれたことも、本当に嬉《うれ》しかった。ありがとう」

「ユリアンさん。ユリアンさんがご存じのことを——《猟犬》のことや、私を見極めに来ただとか——そんなことまで、私に言ってもよかったんですか？」

ギルハルトに知れれば、警戒《けいかい》の目を向けられるだろうに。

「言っただろう。僕には兄弟しかいない。人狼の血を引いている僕らが権力闘争《とうそう》に巻き込まれてあらぬ疑いをかけられたら、孤立無援《こりつむえん》になってもおかしくない立場なんだ。兄弟が助かるなら、僕は他に何もいらない。そのとき、アイリちゃんが味方になってくれるのなら、何を差し出したってかまわない。キミがよこせと言うのなら、この命を差し出したってかまわない。だから、これは僕の覚悟なんだ。キミに正直な心を明かしている。まあ、信じられないって言われたら、それまでなんだけど」

アイリはうなずいた。

「信じます」

どこまでが真実か、摑みかねる男には違いないが彼の覚悟だけは間違いないだろう。

「それで、その……明かしていただくついでに、もうひとつだけ、うかがっても？」

「もちろん、なんでも。仰せのままに、妃殿下《ひでんか》」

うやうやしく貴公子の礼をとられ、アイリは緊張《きんちょう》しながら問う。

「どうして、ユリアンさんはヴェローニカさんと組んで、陛下から疑われるようなことをなさったんですか？」

王家主催《しゅさい》の茶会で、わざわざみなの耳目《じもく》を集めるようなことをしていた。

クリスティーナがユリアンは『うさんくさい』と警告しにくるくらいに、わかりやすく怪しい言動をしていたのだ。この男であれば、もっと目立たぬよう暗躍《あんやく》できただろうに。

「んー。ああやったら、ギルハルトくんは僕を無視できないでしょ」

「？　ど、どういうことですか？」

「ギルハルトくんってさ、僕の兄さんの剣技《けんぎ》に興味があって機会があれば立ち合いを申し出ているし、後遺症《こういしょう》の残る僕の弟には見舞金《みまい》を毎年送ってきてるんだよね。なのに、僕だけ、なんにもない」

　ますます何を言っているか、わからない。

　頭の上に疑問符《ぎもんふ》を飛ばすアイリに対して、ユリアンはにこっと笑い返した。

「仲間外れはさみしいなって、そういうことさ。アイリちゃんは僕を仲間外れにしないから、大好きだよ！」

　この笑顔が本心か、それともそれを覆い隠すものか。

　アイリにはわからなかったけれど、ふたりで閉じ込められていたときに浮《う》かべた笑顔よりもよほど晴れやかなもののように感じた。

「そうだ、キミたちに婚約のお祝いをまだしていなかったね」

　ユリアンは、アイリの元にシロと呼んだフクロウを置いていく。

「きっとアイリちゃんの役に立つよ」

「ですが、この子、飼ってるわけじゃないって」

「王宮《ここ》に置いて行けっていうのは、シロからの希望だよ。アイリちゃんのお菓子《かし》がもっと食べたいんだってさ」

「え……えええええええ！」

フクロウを強引《ごういん》に腕に乗せられた格好で、おろおろうろたえるアイリを満足そうにみやったイタズラ好きの男は、にやりとする。

「それとも、この僕自身がアイリちゃんのお祝いになってもいいんだよ？　きっとキミを幸せなお嫁《よめ》さんにしてみせるから」

「私は、ギルハルトのお嫁さんになるんです！」

ユリアンは笑いながらアイリに手を振り、去っていった。

「ようやく帰ったか……」

うんざりするような声に振り返れば、そこに立っていたのはギルハルトだった。

アイリの腕から、フクロウが飛び立つ。ユリアンを追うのかと思えば、王宮庭園の方へ向かっていってしまった。どうやら本当に、王宮に残るのを希望しているようだった。

どうやって、ギルハルトに『シロを飼っていいか』のうかがいを立てよう――。

「どうした、アイリ」

「い、いいえ。ギルハルト、いらしたんですか！」

「ああ」

アイリとユリアンをふたりきりにするのが心配でこっそり見張られていた、とは思いもせず、フクロウのことをどう切り出そうか考えるアイリの隣で、ギルハルトはげんなりと言った。

「昔から、よくしゃべる野郎《やろう》だとは思っていたが、アイリにはことさらペラペラと——なにが『仲間外れはさみしい』だ。単なる俺への嫌《いや》がらせだろうが……」

その視線は、ユリアンの去っていった方へ向けられたままだ。嫌がらせ？

「そうでしょうか」

アイリは、なんとなくユリアンの不可解な態度に既視感《きしかん》を抱《いだ》いていた。

「私の妹は、私がお菓子を作ってあげたら『太る』って文句を言っていたんです。それでも、毎回完食していました」

「あ？　文句を言われて、それでも菓子を食わせてやってたってことか？　俺ならはっとおして、二度とは作ってやらんぞ」

渋面《じゅうめん》のギルハルトに対して、アイリは苦笑《くしょう》する。

「今考えると、妹は甘えていただけだと思うんです。私に対して」

「……ほう。おまえはそれを許した、と」

「はい。私、お姉さんですから」

「……さっぱりわからん。姉妹《しまい》なんて、単なる間柄《あいだがら》だろう」

「もしかしたらユリアンさんも、お兄さんのギルハルトに甘えたかったのかもしれません。

なんとなく、ですけど」

ユリアンは、ギルハルトの母への恨み言《ごと》を吐いていた。この王宮は彼にとって忌《い》まわしい場所のはずだ。それでも、文句を言いながらも、何日も王宮に滞在《たいざい》していた。ギルハルトと関わろうとしていた。それに何より――。

「ユリアンさんは、お茶会の前日に黙《だま》ってお城に忍《しの》び込んできたんですよ。手続きをしたら何日も待たねばならないと、『ギルハルトくんに会いに来た』とおっしゃって」

「わざわざ嫌味を言うためにか」

「それは、わかりませんが」

ユリアンは兄弟をいっとう大切にしている。立場のある長兄《ちょうけい》に迷惑をかける危険を冒《おか》してまで――。

「翌日のお茶会で会えるのに。心から嫌《きら》う相手に対して、そんなことをするでしょうか」

呆《あき》れた表情を浮かべていたギルハルトだが、その顔が、どういうわけかみるみる青ざめていく。

「なあ、アイリ？　おまえは前々からとんでもないお人よしで、肝《きも》の据《す》わった女だとは思っていたが……なんとまあ、俺はとんでもない聖女様を婚約者にしてしまったようだ」

大げさな物言いをしながらも、なんとも言えない複雑な表情で。

「あの、私、何か、差し出口を……？」

「いいや。おまえのような、とんでもない妃を迎《むか》えられるんだ。俺はおそろしく幸運な星に生まれたんだと噛みしめていただけだ。ああ、ただし、そのとんでもない許容の甘やかしは、これからは、夫であるこの俺だけに限定してくれよ。これ以上、余計なライバルを増やしたくはないからな」

「ライバル……？」

「菓子を手ずから食べさせるのも、撫《な》でるのも、この俺だけでいいってことだよ」

やけに真《しん》に迫《せま》って念を押すギルハルトであるが、アイリによるユリアン評には不満があるようだった。

甘えていた云々《うんぬん》はともかく、アイリには、ユリアンの言動が『単なる』嫌がらせにはとても思えなかった。仮にそうだったとして、異母弟《いぼてい》からの悪意をギルハルトは黙って受け続けるつもりだったのだろうか。

誰にも打ち明けることなく、たった独りで抱え込むつもりだったのだろうか？

「ギルハルト。私では頼《たよ》りにならないかもしれませんが、私で助けられることがあったら、なんでもおっしゃってくださいね」

「もう充分《じゅうぶん》すぎるくらいに助けられている。俺の人狼の力はおまえがいなければ、今頃《いまごろ》どうなっていたかわからんのだから」

ギルハルトがアイリに対して必要としているのは、月の聖女の力であろう。しかし、アイリが欲されたいのは、それだけではない。

ギルハルトはアイリに安心を与えてくれた。アイリがギルハルトを信頼《しんらい》しているように、いつか、彼からもそれを預けられたい。彼の心に安らぎを与えたい。

彼との恋《こい》を本当の意味で勝ち取るためには、アイリ・ベルンシュタインとして必要とされなければならないと思っている。そうでなければ、本当の身代わりからの脱却《だっきゃく》とはいえないから。

「本当になんでもおっしゃってください。私にできることは、なんでもがんばりますのでっ」

「ほう。なんでもがんばってくれるのか」

「はい、なんでも！」

張り切って答えれば、ギルハルトは、にっとイタズラを企むような笑《え》みを浮かべる。その笑みが、ちょっと異母弟《ユリアン》に似ているな、と思ったことをアイリは黙っていた。

教えたら、きっとまた複雑そうな何とも言えない顔をするだろうから。

「ならばとりあえず、アイリよ。ふたりきりで茶でも飲むとしよう。もちろん、おまえの手ずから菓子を食べさせてもらうぞ」

「そんなことでいいんですか？　もっと色々と」

「ああ。おまえと『色々』したいのはやまやまなんだがな――」

耳元に唇《くちびる》を寄せて、ギルハルトはささやいた。

「それは、アイリが俺の『お嫁さん』になってからにしておこう」

彼の声はうっとりするほど甘く、先ほどの『ギルハルトのお嫁さんになるんです！』宣言を聞かれていたことに、今更《いまさら》思い至ったアイリの顔が急激に火照《ほて》り出す。

ほんのりと赤らんだ未来の妃のかわいい耳に、ギルハルトは愛情を込めて優しく口づけるのだった。

王城内の、とある使われていない一室。

カーテンを閉め切り薄暗い部屋の中、宮廷の誰にも内密の極秘《ごくひ》会議が開かれていた。

「それでは〝第三回、アイリ様ハッピー☆宮廷ライフ会議〟を始めます」

燭台の灯《あか》りに、ぬぼっと照らし出されたのは無表情なメガネだった。

「……会議の名称《めいしょう》と、部屋の雰囲気《ふんいき》がまったくマッチしていませんわよ……っていうか、

その燭台演出、気に入りましたの？」

いつもの笑顔ではなく、心の底からうんざりした顔でそう突《つ》っ込むのは侍女頭である。

「いや、前々から疑問だったんすが……なんなんすか、そのハッピーなんちゃらって浮か

れポンチな名称は。普通《ふつう》に〝《猟犬》反省会〟でいいでしょうが」

御者役《ぎょしゃ》を務め、危うく殺されかけた護衛騎士が、まだ抜糸《ばっし》されていない腹の傷を押さえてぐったりしながらさらに突っ込む。

総勢ふたりの《猟犬》メンバーに言われた元締《もとじ》めは、肩をすくめ燭台の火を吹き消した。

「そうは言いましても、堂々と議題に挙げるのも問題があるでしょう。表向き《猟犬》は解散させられていますからね」

そう。先王の命令で――。

かつて、ギルハルトの母が先王の側室に対して《猟犬》をけしかけた暗殺は未遂《みすい》で済んだものの、先王の逆鱗《げきりん》に触れた。臣下による強い諫《いさ》めの言葉も聞き入れず、先王は怒《いか》りのままに暗殺の実行犯に処刑《しょけい》を命じ、残りのメンバーには解散を厳命した。

一時的に解散していた《猟犬》を、しかし、こっそりと存続させていたのはサイラスの父であった。

そして今まさに、『残りのメンバー』の娘であり息子《むすこ》が、《猟犬》構成員として、サイラス・レッチェに召集《しょうしゅう》されているというわけだ。

「今回捕縛《ほばく》した、黒衣の男たち――主犯には逃げられてしまいましたの？」

『残りのメンバー』の娘の問いに、サイラスはうなずいた。

「ええ。前回の、アイリ様誘拐事件のとき、陛下に刃《やいば》を向けた黒衣の者たちも、アイリ様に馬で轢《ひ》き倒《たお》されたひとり以外は逃げました」

「逃げ足が速いこと。わたくしや私服の護衛騎士も、黒衣の男どもと短時間交戦しましたが、そいつらの逃げ足も速かったですわ。みな、戦闘《せんとう》訓練を受けている者の動きでしたわね」

『残りのメンバー』の息子が大儀《たいぎ》そうに腹の傷を撫でながらうめく。

「あー……サイラスさん。捕《つか》まえたのって末端《まったん》だけなんすよね？　捕縛した連中の顔おがみましたけど、俺を刺した奴《やつ》はいなかったよ。逃げたそいつ、解散させられた《猟犬》メンバーかもしれねえわ。俺を刺したナイフ、親父《おやじ》の持ってたのと同じ形状してましたから」

以前、アイリが誘拐されたとき——アイリが救出され、誘拐は失敗したというのに、なおもギルハルトに襲《おそ》い掛《か》かってきた黒衣の男たちはギルハルトに対して毒を使った。

そのナイフから検出された毒は、人狼を殺す秘伝の毒と成分が似ていた。

「再現しようとして失敗したんすかね。つまり、わざわざ陛下に毒使ったのって、実験的な意味もあったのかな……つーか、王サマ使って人体実験って、むちゃくちゃ贅沢《ぜいたく》だな。捕まったら縛《しば》り首だぜ」

「実験だったにしても、本気だったとしても、人狼を殺す毒だなんてピンポイントすぎる代物《しろもの》、作る理由はたったひとつしかありませんわ」

──ルプス国王の暗殺。

問題の重さに、部屋の空気も重くなる。

やはり、会議の名称はそぐっていないようだ。

「重たいついでに……俺、マジで殺されかけたんすよ？　特別報酬《ほうしゅう》出ますかね？　あ、マジ殺されかけはしたけど、自分でばっちり急所は外したんすよ。すごいでしょ。ほめていいっすよ」

「はいはい、すごいすごい、えらいえらい──って言うか！　あんたね、よくもアイリ様を危険な目に遭《あ》わせたわねっ、フリッツ！」

「えー。エーファだって、『私がアイリ様を守ってみせる！』なんて大見得《おおみえ》切ってお買い物についてきてたくせにー？」

侍女頭は、ぐう、と歯噛みする。

「……もしも、イエルク家が脅威《きょうい》となるならば、これを除かなければなりませんわ。今回の誘拐事件、ユリアン・イエルクはわかっていたはずです。わかっていて攫われましたのよ⁉　なんで無罪放免《ほうめん》ですの？　グレーゾーンよ、あの男っ」

「イエルクなあ。チャラい次男はともかく、長男、マジやベーからなあ。俺、一度、陛下と国境騎士団団長との訓練戦、見たことあるけど、あれ、途中《とちゅう》から完全に理性なくした殺し合いだったもんよ。誰も止められなかったもん……陛下が勝ってたけどさぁ。興が乗ったからって、陛下も陛下だろ……野獣《やじゅう》かっての」

「野獣だとか言わないの。不敬もたいがいになさいっ」

デコピンされても、だるだるなフリッツに対してエーファは殺《や》る気に燃えている。

なにせ、二回もアイリを攫われたのだ。

「アイリ様を攫った実行犯の、元《猟犬》と思《おぼ》しき黒衣の連中も、イェルク家が飼ってるんじゃありませんの？」

もう二度と、アイリ様に危害を加えさせてなるものか、と鼻息が荒《あら》いエーファはユリアンに対して疑いの矛先《ほこさき》を向けるが。

「あー、でもさ、ユリアンさん？　あの人、俺を本気で介抱《かいほう》してくれたぜー？　その後、犯人たちに俺を殺さないよう交渉《こうしょう》してくれたしさぁ」

と、挙手したフリッツが擁護《ようご》すれば、エーファはうさんくさげに眉をひそめる。

「あからさまにマルテンシュタイン伯《はく》の令嬢とつるんでいたくせに？」

「あれは、わざと、あからさまにしていたんだと思いますよ。ユリアン・イェルクは、こちらにマルテンシュタイン伯のたくらみを知らせたがっていた。秘していることがあるならば、もっと姿を隠したがるでしょうに、あの人、わざわざ王宮に滞在しましたからね」

その間、当然サイラスは、あからさまに怪しいユリアンを放置していなかった。

「ユリアン・イェルクは、私のつけた監視《かんし》にも気づいていたでしょう。アイリ様がお買い物のため街に出たのを見計らって、城を出て、アイリ様に近づいたのもこちらは把握《はあく》していましたし、ユリアンも我々の追跡《ついせき》を承知していたはずです」

だからこそ、アイリが攫われてすぐにおおむねの位置を把握することができて、爆速《ばくそく》でギルハルトを救出に送り出すことができたのだ。

ただし、アイリが監禁《かんきん》された建物までは特定できなかった。アイリを探し出すために、まさかギルハルトが人前で歌い出すとは――騎士の誰もが、サイラスすらも想定の範囲《はんい》外であったが、それはともかく。

「……ユリアン・イェルクは、こちらを利用しましたの？　マルテンシュタイン伯を排除するためだけに？」

銀狼陛下のアイリへの溺愛《できあい》ぶりはわかっていたはずで、そのアイリを巻き込むとは、とんでもない大博打《ばくち》だ。失敗していれば自分自身の破滅を呼ぶと理解していただろうに。無謀《むぼう》なのか豪胆《ごうたん》なのかわからない男である。どちらにしても――。

「十分、悪質ですわぁ……」

エーファは疲《つか》れ切ったため息をつき、サイラスは話を締めにかかる。

「イェルク家は、今後も要警戒。アイリ様のハッピー☆宮廷ライフのために、これからも一丸となって励《はげ》むように。ああ、そうだ。アイリ様は、ご自分が攫われたのが二度目ということで大変に落ち込んでいらっしゃいました。よって、今月はふたりとも減給」

「ええー、うっそー!? 俺、刺され損じゃーん！　っていうか、サイラスさん、あんた責任持つって言ってなかった？」

「それはそれでこれはこれ、落ち込むアイリ様はアンハッピーでしょうが」

「減給……望むところですわ……アイリ様を危険にさらしてしまったんですもの……」

文句を垂れるフリッツと、フリッツの頬をぎりぎりつねりながら血の涙を流すエーファ。

極秘の会議のはずが、にぎやかに言い合いながら、それぞれ自分の持ち場に戻《もど》ろうと廊下に出た腐《くさ》れ縁《えん》のふたりは、ふと足を止める。

どこからか、歌声が聞こえてきたのだ。

「これって……遠吠《とおぼ》えの恋歌《こいうた》？」

男女が、愛の歌を交《か》わしあっている。

女性の歌声は、アイリで間違いない。では、男性の方は……？

諜報《ちょうほう》の役割も果たす《猟犬》の彼らは慎重《しんちょう》に耳をそばだてて——。

「なあ、エーファ。男のパート歌ってるのって、まさか——」

「ええ、フリッツ。信じられないけど」

それは間違いなく、大の歌嫌いのはずの銀狼陛下の歌声だった。

終 ☾ 響け、恋の歌

ギルハルトのリクエストどおり、アイリとギルハルトは王宮庭園のベンチでティータイムを楽しんでいた。

さらにリクエストされた通りに手ずから彼に菓子《かし》を食べさせていたアイリは、ふと気づく。

「あのあと、バタバタしてしまって言うのが遅《おく》れてしまいましたけど……ギルハルト、ありがとうございました」

「なんだ、突然《とつぜん》」

「助けていただいたとき、私のために、『遠吠《とおぼ》えの恋歌《こいうた》』を歌ってくださったこと。まだお礼を言ってなかったなって」

人前で歌うのを拒《こば》んでいたギルハルトが裏通りとはいえ街中で、あんなにも大きな声で。

「それと、これも今更《いまさら》なんですが……攫《さら》われてしまって、本当に申し訳ありませんでした……」

アイリは小さくなって頭を下げる。

「同じ失敗を繰《く》り返すなんて、陛下の婚約者《こんやく》失格だと言われても仕方ない失態で——私、ご迷惑《めいわく》をかけたみなさんや、怪我《けが》をしたフリッツさんにどうお詫《わ》びすればいいのかと」

「ふむ。では、ここで、おまえに仕置きをしておこうか」

しかめつらしく宣言したギルハルトはアイリの前髪《まえがみ》を掌《てのひら》で払《はら》うと、その額をさらす。

——えっ？　仕置きって、なに？

フリッツがエーファからデコピンされていたのをハッと思い出したアイリは、身構え、痛みに備えて目を閉じる。しかし、痛みは訪《おとず》れない。

「おまえが無事でよかった。心からそう思う」

アイリの額に落とされたのは、温かなキスだった。

「おまえの無事を、宮廷《きゅうてい》のみなも喜んでいる。フリッツには相応の見舞《みま》いをとらせておくから、おまえは何も心配するな」

「ギルハルト……私は——私自身は、みなさんにどうお詫びをすれば」

「おまえがどれだけこの国にとって要人であるか、わかってくれたらそれでいい。それに、また、おまえのおかげで宮廷の膿《うみ》が出てしまった。今回のマルテンシュタイン伯《はく》の捕縛《ほばく》も、おまえがいなければ問題はくすぶり続け、どうなっていたかわからないからな」

そういって苦笑《くしょう》したギルハルトもまた、ふと思い出したように懐《ふところ》から、あの日、フクロウに渡《わた》された銀の髪飾《かみかざ》りを取り出すと、アイリの髪にそれを返した。

「攫われたことでわかったと思うが、おまえには覚悟《かくご》が必要だ。この俺の手から逃《のが》れられない。その覚悟が」

涼《すず》やかなはずのアイスブルーの瞳《ひとみ》には、静かな、けれどたしかな熱が灯《とも》っている。

「どこにいたって必ず取り戻《もど》してみせる。俺は決しておまえを離《はな》しはしない」

「ギルハルト……」

アイリもまた、何があっても、この人をあきらめることはできないだろう。手放すことはできないだろう。

髪に飾られた、白銀に輝《かがや》く贈《おく》り物に触《ふ》れたアイリは、再びハッとする。

「あああっ！」

「どうした？」

「わ、私、叔父《おじ》様からお金を返してもらいまして、ギルハルトにプレゼントを探していたんです！　結局、買いそびれてしまいました……」

何しろ、二度目の誘拐《ゆうかい》をされたばかりだ。いけ図々《ずうずう》しく、もう一度『街に買い物に出たいです』なんて、お願いできるわけがない。

大きく肩《かた》を落とすアイリに対して、ギルハルトはうなずいて言った。

「そうか。ならば、俺も一緒《いっしょ》に行くとしよう」

「え……？」

彼の腕《うで》が、そっと隣《となり》に座るアイリに回された。抱《だ》き寄せられるまま、彼の胸に頬《ほお》をつければ、頭上からささやきが降ってくる。

「もう一度、デートしよう。今度こそ、誰《だれ》にも邪魔《じゃま》されないように」

誘《さそ》う声は甘く、ひそやかで、まるで秘め事のようだった。背骨の芯《しん》がしびれて、そこから頭の芯までしびれるようで――。

ああ、この声が好きだ、とアイリは思う。

ドキドキと胸を高鳴らせながらも、幸福な気持ちでうっとりする彼女に、ギルハルトはほほえみかけた。

「そうだ。歌と言えば、屋外で歌うと、存外声の響きが違《ちが》うものだな。外で初めて歌ったあの時、あまりうまくなかった気するんだが……アイリ先生、どうだった？」

先生、と呼ばれて、思わず笑《え》みをこぼしながら答える。

「とってもお上手でしたよ」

「本当か？　俺の歌の先生は、判定が甘いからな。これから屋外授業を頼《たの》めるだろうか」

ギルハルトのストイックさは知っているつもりだが、その提案にアイリは驚《おどろ》いて彼を見上げ、目をしばたたく。

「屋外授業って、ここで、ですか？」

「ああ」

「ですが、こんなところで歌っていたら、みんなに聞こえちゃいます、よ？」

あれだけ嫌《いや》がっていたのに？

恐《おそ》る恐る問うアイリに対して、ギルハルトはなんでもないことのようにうなずいた。

「聞かせてやるんだよ。おまえとの時間を誰にも邪魔されないように――」

そして、ギルハルトは歌い出す。

艶《つや》のある美声が、蒼穹《そうきゅう》の空に溶《と》けていく。

誘うような、どこか挑発《ちょうはつ》的なアイスブルーのまなざしに、胸の高鳴りはさらに大きく、アイリも続いて歌い出した。

ギルハルトの手が、アイリの手をとる。

あたたかなそれを、握《にぎ》り返す。

歌うギルハルトの顔に憂《うれ》いはない。口元には笑みさえ浮《う》かんでいて、アイリは幸せな気持ちで歌とほほえみを返した。

愛しあうふたりの歌は王宮庭園に響き渡り、宮廷中の人々がその幸福な歌声を耳にするのだった。

あとがき

ごきげんいかがでしょうか、くりたかのこです。本作をお手に取っていただき、心から嬉《うれ》しく思います。おかげさまで、本作をコミカライズしていただける運びになり、漫画《まんが》を担当くださる先生、何より前作を購入《こうにゅう》してくださった読者様には感謝してもしきれません。

正直なところ……というかタイトルをご覧いただければ一目瞭然《いちもくりょうぜん》、全力フルスイングで出オチのつもりでした。一巻の制作期間が長かったおかげか、使わなかった裏設定は副産物としていくつもあったので（ギルハルトには異母兄弟がいる、など）引っ張り出してこねくり回し、『身代わり婚約者《こんやくしゃ》』という看板が偽《いつわ》りにならないよう悩《なや》んだ末、甘酸《あまず》っぱさを残さねば（？）という謎《なぞ》の結論に達し、おデート回と相成りました。

新担当様、さっそくご迷惑をおかけしておりますが、なにとぞよろしくお願いします。

ふたりのデートシーンが「初々《ういうい》しいですね」と感想くださった担当編集様、今回でわたくしの担当を外れるということで、大変に非常に本当にお世話になりました。

くまの柚子《ゆずこ》先生、前回に引き続き、うっとり見とれるイラストをありがとうございます。

そして、ここまでお読みくださったあなた様に最大の感謝を。またお会いできる日が来ますように。

くりたかのこ

■ご意見、ご感想をお寄せください。
《ファンレターの宛先》
〒102-8177 東京都千代田区富士見 2-13-3
株式会社KADOKAWA ビーズログ文庫編集部
くりたかのこ 先生・くまの柚子 先生

●お問い合わせ
https://www.kadokawa.co.jp/（「お問い合わせ」へお進みください）
※内容によっては、お答えできない場合があります。
※サポートは日本国内のみとさせていただきます。
※Japanese text only

ビーズログ文庫

身代《みが》わり婚約者《こんやくしゃ》なのに、銀狼陛下《ぎんろうへいか》がどうしても離《はな》してくれません！2

くりたかのこ

2022年 4 月15日 初版発行

発行者 青柳昌行
発行 株式会社 KADOKAWA
〒102-8177 東京都千代田区富士見 2-13-3
（ナビダイヤル）0570-002-301
デザイン 島田絵里子
印刷所 凸版印刷株式会社
製本所 凸版印刷株式会社

ISBN978-4-04-736989-4 C0193

定価はカバーに表示してあります。
◇◇◇